Le coup du fou

Alessandro Barbaglia

Le coup du fou

Traduit de l'italien
par Jean-Luc Defromont

Liana Levi

Ce livre a été traduit grâce à une aide du ministère italien des Affaires étrangères et de la Coopération internationale /
Questo libro è stato tradotto grazie a un contributo del Ministero degli Affari Esteri e della Cooperazione Internazionale italiano.

Titre original : *La mossa del matto*

ISBN : 979-10-349-0558-4

www.lianalevi.fr

À Franco, le fou.
Lorenzo et Vittoria, les cavaliers.
Rosalba et Sara, les tours.

Chapitre zéro

Je ne crois pas à la psychologie,
Je crois aux coups réussis.
Bobby Fischer

Bobby Fischer: né à Chicago le 9 mars 1943, mort à Reykjavík le 17 janvier 2008.

J'ai passé les vingt-trois derniers mois de ma vie comme un cheval: en le portant sur ma croupe. Je me levais le matin et il était là, je prenais mon petit déjeuner et il me regardait, j'allais aux toilettes et il me suivait.

« Bonne nuit Bobby » était la dernière chose que je disais le soir en fermant les yeux. Pour les rouvrir le lendemain matin en expliquant à tout le monde que « non, aujourd'hui je ne peux pas venir; excusez-moi, je dois rester avec Bobby ».

Je n'ai fait que ça: l'emmener à mon bureau et m'enfermer avec lui. Seul mais en compagnie des dizaines de biographies qui me parlaient de lui, des romans, essais critiques, documentaires, reportages, photographies achetées à prix d'or sur Internet, vidéos sur YouTube, entretiens... et de son hallucinant manuel de jeu, lu et relu. Je n'y ai jamais compris que dalle.

D'après certains, il a été dans les années soixante-dix l'homme le plus célèbre au monde. Je le crois volontiers.

Pourtant, la façon dont il a réussi à devenir si célèbre en ne faisant que jouer aux échecs me paraît l'aspect le moins intéressant de sa vie.

Quoi qu'il en soit, j'ai fini par me convaincre que cette histoire ne pouvait pas commencer autrement, que c'est ça qui lui plairait, à lui aussi : trouver son nom tout de suite, avant qu'il se passe quoi que ce soit. Et le trouver répété plusieurs fois : Bobby Fischer. Bobby Fischer. Bobby Fischer.

Je me suis mis en tête d'écrire un livre sur lui. Mais c'était peut-être une excuse pour remettre certaines pièces à leur place.

★

La première fois que j'ai entendu prononcer son nom, j'étais assis en tailleur sous une table de jardin, dans un lieu qui n'existe plus : mon enfance. J'avais quoi, cinq ou six ans ? En tout cas, j'étais un enfant et, autour de cette table sous laquelle j'étais caché pour jouer, quelques adultes, dont mon père, étaient assis. Je ne voyais qu'une forêt de jambes, une enfilade de genoux ronds. Et des chaussures, bien entendu. Même si certains étaient pieds nus : ils se trouvaient dans le jardin de notre maison, sur la pelouse. En train de *travailler*.

Et de parler d'un fou américain qui avait disputé un match d'échecs contre le champion du monde en titre. Lequel était russe et donc – « garanti pur beurre » – quelqu'un de bien. Chez moi, tout le monde était prosoviétique dans les années quatre-vingt ; dans ce même jardin, des guitares – deux ou trois – surgissaient toujours après le dîner, avec des fiasques de vin rouge d'Émilie-Romagne, et les adultes chantaient à tue-tête

Bandiera Rossa, Bella Ciao, L'Internationale... ou des chansons d'auteurs-compositeurs tristes. Dont les Français, avec leur R mollasson. Certains fredonnaient les Beatles mais ils chantaient plus souvent du Joan Baez. Le ton était toujours très engagé, même dans les moments de détente. Un jour, un de mes oncles a chanté du début à la fin, sur un rythme de funérailles, *Il testamento di Tito* de Fabrizio De André : un quart d'heure de transport lent les yeux fermés. Soudain interrompu par une question :

– Qui vous voulez libérer : Jésus ou Barabbas !?

– BARABBAS ! ils se sont tous égosillés en levant leur verre.

Même une voisine, qui n'avait rien à voir avec tout ça, est apparue à sa fenêtre juste à temps pour crier :

– Barabbas !

Sa petite voix aiguë et stridente a fait rire tout le monde. Très fort. Pendant longtemps. J'étais le seul à ne pas rire. Moi, par exemple, j'avais murmuré :

– Jésus.

Bref, autour de cette table, les grandes personnes parlaient de cet Américain qui s'était comporté en fou furieux avec le Russe. Et moi, en dessous, entre leurs jambes, je jouais à mes propres jeux ; mais, invisible, j'écoutais chaque chose. J'aimais beaucoup les écouter. Ils parlaient toujours de fous. Eh oui, on parlait toujours de fous chez moi ; parce que chez moi, dans les années quatre-vingt, la folie était chez elle.

★

Mon père était un psy très réputé. « C'est lui le mieux armé ! » : voilà ce qu'ils me disaient tous, comme si cette phrase avait un sens. Ses collègues, qui étaient aussi ses amis, prétendaient que s'il échouait, il ne restait plus aux patients qu'une seule solution : Lourdes.

Un jour, il a reçu un appel de Maurizio Costanzo, le présentateur vedette qui voulait à tout prix l'inviter dans son émission au théâtre Parioli à Rome. C'est moi qui ai répondu au téléphone. Allez savoir pourquoi, cette fois-là, j'ai dit « *prosciutto* » au lieu de « *pronto* ». Je ne le comprenais pas, le monde des grandes personnes. Mais elles, comprenaient-elles le mien ?

Mon père a quand même participé à l'émission. Et cette anecdote, on en fait encore des gorges chaudes dans ma famille.

En tout cas, l'été, ils nous rendaient visite à Miasino, au bord du lac d'Orta ; parce que la maison était grande, le jardin immense, et qu'on pouvait passer du temps ensemble dans un décor de rêve. Ils s'installaient chez nous, tous tant qu'ils étaient. Des légions de médecins, psychologues, psychiatres, amis et collègues de mon père en provenance de Hollande, de Suède, d'Amérique. De Suisse, qui n'est qu'à deux pas. Et aussi du reste de l'Italie, bien sûr. D'une certaine façon, ils venaient voir mon père pour travailler, pour se confronter avec lui sur leurs *cas*. Mais aussi, inutile de se voiler la face, pour faire la fête. Ils étaient jeunes. Certains apportaient leur sac de couchage, s'il n'y avait pas assez de lits.

Ils me plaisaient beaucoup, parce que c'étaient des gens qu'on n'aurait pas su distinguer au premier coup d'œil des patients qu'ils avaient en thérapie ; tous de prestigieux professionnels, rien à dire. Une fois, Oliver Sacks s'est même pointé. Et la fille de Konrad Lorenz. Une autre fois, l'analyste de Woody Allen (lequel n'arrêtait pas de l'appeler au téléphone; et moi, quand j'y repense, j'ai du mal à croire que j'ai côtoyé un monsieur américain qui, tout en m'ébouriffant les cheveux, s'entretenait avec Woody Allen et lui disait: « Bien sûr, Woody, parlez-moi donc de ce chimpanzé en uniforme nazi qui essayait de vous poignarder avec une banane… ça me paraît un rêve très révélateur ! » D'après lui, la question n'était pas d'être compétent ou pas, il suffisait d'être psy, juif, et de travailler à New York : tôt ou tard, vous aviez Woody Allen parmi vos patients. « Il va tous les voir, il disait, TOUS ! »).

Et puis il y avait les patients. Oh oui, bien sûr, eux aussi fréquentaient notre maison. Le cabinet de mon père était là, la salle d'attente était là, le jardin était là. Et moi aussi : très souvent sous la table, pour écouter et regarder sans être vu.

De temps en temps, j'y repense à tête froide : enfant, je ne m'en suis jamais aperçu (même la fois où un type s'est présenté chez nous avec une tarentule dans son sac à dos. Une vraie. Vivante. Enfermée dans un bocal, certes, mais bon sang, UNE TARENTULE !), alors qu'aujourd'hui, en revivant certaines scènes, je me surprends à murmurer : « Quels fous, quand même ! » Au sujet de mes parents, bien sûr, auxquels il semblait tout à fait normal qu'un enfant reste là à bavarder avec ces drôles d'individus. Et au sujet des collègues de mon père, il va sans dire.

L'un d'eux avait un loup dans sa cour. Pas un chien-loup : un loup. De ceux qui hurlent à la lune. Quand on allait chez lui – il était américain, mais il s'était installé en Italie et avait acheté une colline au-dessus du lac Majeur (UNE COLLINE !) parce qu'il avait besoin d'un bois – bref, quand on allait chez lui, il me disait : «Je crois que

Loup se balade dans le bois, mais si tu veux, je l'appelle. Tu veux le caresser ? »

J'ai toujours secoué la tête, et je faisais bien. Des années plus tard, le loup lui a mangé une main.

★

Voilà, c'est là que ça s'est passé. Au moment où tout commence : celui où mon père et ses amis parlent de Bobby. Et, plus généralement, de *The Psychology of the Chess Player*, un essai de Reuben Fine[1] qui les occupe beaucoup. Ils ont des discussions fréquentes à son sujet, ils sont tous « fous » de ce livre.

Parmi l'ensemble de choses qu'ils disent, ils racontent surtout ce match disputé par Bobby en Islande en 1972. Ils s'en souviennent dans les moindres détails. Ils l'ont vécu, ce match, n'importe qui dans les années soixante-dix a suivi la finale du championnat du monde d'échecs entre Bobby Fischer et Boris Spassky. Journaux, radios et JT parlaient d'eux tous les jours.

Dans le flot de leurs bavardages, où je maraudais distraitement, une phrase m'a vraiment frappé : « Il faudrait analyser l'instant où le monde s'est éteint dans son esprit et où seule est restée allumée une lumière qui éclairait un échiquier. » De là où j'étais, il m'était difficile d'établir avec précision qui l'avait prononcée. Je crois que c'était mon père. Pour plusieurs raisons. D'abord, je m'en souviens avec trop de force pour que quelqu'un d'autre l'ait dite. Seules les choses dites par nos pères pèsent à ce point sur nous, pour le restant de nos jours. Ensuite (plus simplement, peut-être), si

1. Joueur d'échecs et psychologue américain.

je l'ai bien comprise et mémorisée avec précision, c'est qu'elle a été prononcée en italien ; les collègues de mon père, qu'ils soient américains ou hollandais, ne parlaient qu'en anglais, même avec lui. Et puis parce que, chose curieuse, même si je ne sais pas au juste qui a vraiment prononcé cette phrase, j'ai découvert par la suite qu'il s'agissait d'une citation de Vladimir Nabokov, tirée de *La Défense Loujine.* Or Nabokov était un des piliers de la bibliothèque de mon père.

Voilà, le souvenir de ces faits, aujourd'hui si limpide, est resté englouti pendant des années. Puis, telle l'épave d'un galion qui a sombré, il est remonté à la surface morceau par morceau, soulevé par les courants imprévisibles de la mémoire. Par hasard ? Peut-être pas. On est en 2022. Ce match dont j'ai entendu parler enfant a été disputé en 1972 : il y a cinquante ans. Je suis de ceux qui font attention à certaines dates anniversaires.

Mais ce n'est pas pour cette seule raison que j'ai décidé d'écrire une histoire sur Bobby, c'est même après coup que je me suis aperçu de cette coïncidence. On est en 2022 : cette année, j'aurai quarante-deux ans. C'est beaucoup ? C'est peu ? C'est l'âge qu'avait mon père quand il est mort. Il me semble que le fait de l'avoir rattrapé m'autorise à sortir de ma cachette sous la table, à m'asseoir à côté de lui, à poursuivre – en pensée – cette discussion sur ce fou de Bobby cinquante ans après le match en question. Et à donner mon point de vue.

Si on va par là, il y a plus : mon père est mort en 1992, ça fait trente ans cette année. Et puis, coïncidences à part, il y a encore autre chose, à savoir la véritable raison pour laquelle cette histoire m'est revenue à l'esprit, dans un cadre de coïncidences comme fait exprès pour l'accueillir. Mais je la raconterai plus tard, car elle me concerne.

Pour l'instant, c'est au tour de Bobby, c'est à lui de jouer le premier coup.

Si vous le voyiez… il a des couteaux à la place des yeux. Avec son regard, il tranche tout ce qui n'est pas lui.

Chapitre un

… la vérité est presque toujours dotée d'un caractère tout à fait fantastique.
Fiodor Dostoïevski

Si ce n'était l'histoire de Bobby Fischer, une scène de ce type serait la plus étrange et la plus absurde d'une vie entière. L'apogée surréaliste d'une existence.

Mais *c'est* l'histoire de Bobby Fischer, et cette scène absurde et inconcevable pour la plupart des gens représente pour lui la normalité. La tranquillité. J'oserais même dire : la paix. Un instant de repos et de récupération sublimes.

La scène inconcevable est la suivante : Bobby écoute la radio. Je veux dire, il en écoute quatre, de radios. Il suit simultanément – oui, en même temps – quatre stations de radio différentes. Des nouvelles, du sport, du jazz et les sermons radiophoniques d'Herbert W. Armstrong, un colporteur de foi inspiré, mi-prophète mi-bonimenteur, patriarche – à son dire – de la Worldwide Church of God, dont Fischer se déclare adepte. Une secte ultra-chrétienne qui, pour faire court, prêche trois choses : le repos le samedi ; l'abstinence vis-à-vis des femmes, de l'alcool et des jeux ; la fin du monde en 1972.

Bobby Fischer écoute tout et distingue chaque chose. Comme si ce n'était pas samedi – il ne devrait donc rien faire, même pas écouter la radio (mais à ce compte-là, Armstrong ne devrait pas non plus prêcher) ; comme si ce n'était pas 1972, l'année de la fin du monde ; enfin, comme s'il n'avait pas les yeux du monde braqués sur lui.

Mais lui, il est Bobby Fischer, et il se détend. Et quand Bobby Fischer se détend, il écoute *les* radios. Quatre. L'une sur l'autre.

★

Vingt-quatre heures passent, même topo.

Fischer est toujours allongé sur un canapé de miettes et de poussière, il boit du lait. Fischer boit toujours et seulement du lait, sauf quand il prend l'avion. En avion – et nulle part ailleurs –, il boit des oranges pressées, des oranges exclusivement italiennes qui doivent être pressées sous ses yeux, sinon il n'en veut pas et les renvoie. Bref, Fischer est sur son canapé en train de boire du lait et d'écouter quatre radios en même temps. C'est dimanche. Dimanche 2 juillet 1972. Et pour une raison obscure, la radio sportive qu'il suit, dans cette jungle de sons et de mots, raconte que le Palio aura lieu ce jour-là à Sienne[1]. Puis elle donne enfin la nouvelle que Fischer attend depuis des jours.

Celle-ci : « La cérémonie d'ouverture du onzième championnat du monde d'échecs vient de commencer en Islande, à Reykjavík. Après trente-quatre ans de suprématie incontestée et absolue, les Russes – représentés par le champion du monde en titre Boris Spassky – devront pour la première fois défendre leur place contre un challenger

1. C'est Aceto montant Mirabella pour la *contrada della Tartuca* qui l'emportera, au cas où vous vous poseriez la question.

non soviétique : l'Américain Bobby Fischer ! C'est pourquoi la délégation diplomatique américaine en Islande est très embarrassée de communiquer aux organisateurs et aux Russes que Fischer, attendu ici depuis le 28 juin, n'est pas encore arrivé sur l'île… La première partie est prévue pour demain, et si le champion américain – dont personne ne sait où il se trouve – ne se présente pas, la victoire des Russes par défaut est considérée comme acquise. »

« Les journalistes », Fischer pense en sirotant un autre verre de lait Holland, une cochonnerie américaine qui ne coûte que quelques *cents*, un mauvais lait pour enfants bourré de sucre qu'il avale depuis sa naissance.

– Les journalistes, il continue à voix haute, toujours le même ramassis de connards.

Parfois, Bobby est très vulgaire.

– Putain, comment ils font pour dire que personne ne sait où se trouve Bobby Fischer ? Moi, je sais très bien où je suis : je suis ici !

Et il vide son verre d'un trait.

C'est vrai maintenant et c'est vrai à tout moment : le seul à savoir où se trouve Bobby Fischer, c'est toujours et seulement Bobby Fischer. Comme il est vrai que depuis qu'il y a des championnats du monde d'échecs, les seuls en mesure de battre les Russes sont d'autres Russes.

Alors – c'est compréhensible – si vous n'êtes pas russe et que vous devez affronter un Russe, autant vous cacher. Bobby est doué pour ça aussi.

Avant d'apprendre à jouer aux échecs, il ne connaissait qu'un jeu : cache-cache. Il se terrait dans les ruelles, près des flaques de boue, derrière les murets, la plupart du temps il se blottissait près des talus du chemin de fer, il attendait le fracas des trains, leurs sifflements scintillants quand ils freinaient. Il se cachait et il avait une patience furieuse, attendant sans bouger, parfaitement immobile. Pendant des heures. Des après-midi entiers. Jouer à cache-cache, pour lui, c'était une affaire très sérieuse. Il avait les oreilles un peu grandes et le nez aussi. Les cheveux coupés au bol, les yeux tristes. Mais démentiels. Dans le bon sens du terme.

À cache-cache, il gagnait toujours. Il faut dire qu'il y jouait seul. Il n'était pas entouré d'amis, il n'y avait personne, pas même un enfant qui aurait compté jusqu'à vingt, le visage dans les paumes de ses mains. « Trouvé Bobby ! Dans le buisson ! » On ne lui a jamais dit ce genre de choses.

Parce que lui, à cache-cache, il y jouait pour se cacher, pour tenter de disparaître.

Et puis, même en compagnie, il restait inaccessible. Il était quoi qu'il en soit plus loin que l'endroit où il se trouvait. Même quand il était assis, où se tenait-il, en réalité ?

★

En réalité, il est ici : dans une petite villa de style Tudor de Cedar Lane, quartier du Queens, New York. Allongé sur un canapé. Il a le monde entier sur le dos, ils sont tous à sa recherche, et lui, il écoute la radio.

Alors qu'il devrait se trouver à cette *putain* de cérémonie, l'inauguration du championnat du monde d'échecs. Ce n'est pas rien, un combat échiquéen entre les USA et l'URSS en pleine guerre froide ! Pour quiconque, en Occident, il ne s'agit pas seulement d'un match d'échecs, mais d'un défi entre démocratie et communisme. Pour tout le monde, sauf pour lui-même, Bobby Fischer pourrait être un anti-Spoutnik ! Bref, c'est vraiment du lourd en Occident.

Pour les Russes aussi, ce n'est pas rien que ce combat entre deux approches de l'existence et de la domination culturelle sur le globe : les joueurs d'échecs russes, ces intellectuels raffinés, très cultivés et très éduqués, ces lettrés, musiciens, poètes, ces génies de la logique, de la mnémotechnique, des mathématiques, ces grands philosophes, contre le sauvage américain. Les joueurs russes apprennent par cœur une sorte de bible : *L'École des échecs*. Écrite par un grand maître d'échecs, Aleksandr Aleksandrovitch Kotov, et très éclairante : « Les échecs, discipline dans laquelle les Russes dominent depuis toujours, sont la preuve irréfutable de la supériorité de la culture soviétique sur la culture décadente des sociétés capitalistes. » Et n'en parlons plus.

Ce qui est en jeu, donc, c'est le championnat du monde d'échecs, mais seulement en tant que symbole de la suprématie intellectuelle, culturelle (et politique). Or ce qui est intéressant, c'est que cet enjeu global pour le monde entier, eh bien, il n'a pas grande importance aux yeux de Bobby. Pour lui, ce match représente bien davantage, c'est une question de vie ou de mort. La sienne.

Lui, c'est quelqu'un qui a découvert ce jeu à sept ans et quitté l'école à huit pour ne faire que ça, jouer aux échecs, jusqu'à vingt heures par jour ; qui mangeait en jouant aux échecs, se lavait en jouant aux échecs, faisait tout en jouant aux échecs, n'avait pas de famille, d'intérêts, d'amis, d'amours, rien en dehors des échecs.

Avant de commencer à jouer contre des professionnels, comme il ne trouvait personne à son niveau – ce raisonnement remonte à son enfance –, il faisait tout en jouant seul aux échecs. Il jouait toujours seul. Contre lui-même. Il déplaçait d'abord les blancs, puis les noirs. Ce qu'il avait fait à cache-cache, il l'appliquait désormais au roi, à la dame, aux pions et compagnie.

Il était seul et interposait un filtre entre lui et n'importe qui ; même un éventuel type assis en face de lui en train de déplacer les noirs n'aurait su dire – vraiment – où se trouvait Bobby Fischer.

Bref, ce garçon-là a compris à l'âge de sept ans qu'il n'avait qu'un objectif, un seul et unique destin : jouer une finale mondiale d'échecs. Il a maintenant vingt-neuf ans, on est en 1972, il devrait être en Islande pour disputer ce match contre le champion en titre Boris Spassky… et au lieu de ça, qu'est-ce qu'il fait ?

Il reste sur son canapé. À New York. Avec quatre radios allumées.

Son vol était prévu pour le 28 juin. Pourtant, quelques heures avant le départ, il a appelé la compagnie aérienne :

– Oui, bonjour, c'est Bobby Fischer. Très bien, merci. Écoutez, j'appelle juste pour vous communiquer un détail : je ne pars pas.

Et il a raccroché. *Tut… tut… tut… tut…*

La compagnie aérienne lui avait réservé quatre rangées, toutes pour lui, pour qu'il n'ait personne ni devant, ni derrière, ni à droite, ni à gauche. Et l'avion était plein d'oranges italiennes… imaginez la galère pour les trouver en juin ! Toutes bonnes à jeter.

La semaine suivante, il réserve et annule une infinité de vols pour l'Islande.

– Disons lundi, c'est bon ? Parfait. Notez-le, notez-le bien. Lundi : Bobby Fischer. Les mêmes oranges que d'habitude, bien sûr.

Puis il rappelle une minute plus tard, assez agité :

– Non, lundi, je ne peux vraiment pas ! Au revoir !

Ensuite il rappelle :

– Écoutez, j'ai changé d'avis : je pars mardi ! Mardi, c'est parfait ! Les conditions habituelles !

Avant de rappeler encore une fois :

– Mardi ? Mais qui a parlé de mardi ?

Le tout, sans jamais sortir de chez lui.

Le monde l'attend et lui, il écoute la radio. Le monde tremble. Et lui, il change de fréquence.

★

Maintenant, par exemple, il y a de la musique classique.

Chapitre deux

... he studied all day
and played all night
but he didn't play a match
unless things were just right[1].
Joe Glazer – Refrain de la ballade folk
dédiée à Bobby Fischer

– Mais qu'est-ce qu'il fout, Fischer? commence à se demander la CIA, parce que les jours passent et qu'il ne part pas.

– Mais qu'est-ce qu'il fout, Fischer? commence à se demander le KGB, parce que les jours passent et qu'il n'arrive pas en Islande.

– *Hvenaer kemur hinn dularfulli Fischer?* titrent les journaux islandais. C'est-à-dire: «Quand le mystérieux Fischer arrivera-t-il?»

Les Islandais sont bien élevés. Mais la question est toujours la même.

Fischer, du 27 au 30 juin, réserve et annule une flopée de billets, et il écoute la radio.

Parmi les nombreuses chansons qui passent figure une ballade folk de Joe Glazer. Elle date de quelques années

1. «Il étudiait toute la journée / Et jouait toute la nuit / Mais ne jouait pas un match / Tant que tout n'allait pas comme il fallait.»

auparavant et s'intitule *The Ballad of Bobby Fischer.* Le refrain, Bobby pourrait même le fredonner. Il est très à propos. Mais Bobby n'est pas du genre à fredonner.

Et puis le 30 juin, avec en poche un billet Pan American pour l'Islande, réservé aux conditions habituelles (quatre rangées libres devant et derrière lui, des oranges italiennes à bord), Fischer sort de chez lui et se rend à l'aéroport. Lequel est bondé de journalistes, de photographes (et d'agents de la CIA).

Fischer arrive à JFK, il se gare – c'est un chauffeur qui conduit, Fischer n'a pas le permis –, il marche jusqu'à la boutique hors taxes, il en ressort dix minutes plus tard.

Il se remet en voiture et rentre chez lui.

Il est allé à l'aéroport pour acheter une radio. Il est allé à l'aéroport, avec un billet réservé pour l'Islande, il a acheté une radio – il en avait cassé une – et il a fait demi-tour.

★

À propos, moi, j'ai travaillé comme journaliste.

Pendant dix ans: de vingt-deux à trente-deux ans. Puis je me suis buté, j'ai dit à mon directeur que soit il m'embauchait, soit je partais, parce que c'était injuste qu'il continue à me considérer comme un simple « collaborateur », vu que j'écrivais la moitié de son journal et qu'il me payait aux pièces.

Et en effet, je suis parti. Mais ces années-là ont été merveilleuses. Non qu'il me soit arrivé de devoir suivre un type comme Bobby Fischer et faire un scoop sur son départ pour le championnat du monde d'échecs en pleine guerre froide contre les Russes, ça non, et pourtant, moi, ces journalistes, je les comprends, voilà. Et au minimum, je leur payerais un coup.

Ils sont là par centaines, avec des dizaines de photographes. Un rideau de flashs, un arsenal de micros, des caméras braquées. Toutes technologies qui du reste, en 1972, n'avaient vraiment rien de numérique.

Bref, je les vois, les journalistes. Je m'imagine là-bas parmi eux.

« Fischer est à l'aéroport ! », ils dictent tous leur texte, serrés à l'intérieur des cabines téléphoniques, le combiné noir écrasé entre l'oreille et l'épaule, tenant d'une main le carnet du lieutenant Columbo et plongeant l'autre dans la poche de leur pantalon en quête de demi-dollars à glisser dans la fente pour éviter que la ligne soit coupée, tous en train de dicter ce texte à leur rédaction pour être les premiers à mettre la nouvelle sous presse.

« À l'aéroport ? »

« Oui, à l'aéroport ! »

Chaos, cris, tension.

« Il est parti ? » demandent les salles de rédaction en plein orgasme aux journalistes du *Time*, du *New York Journal*…

« … »

« Alors ? Il est parti ? »

« Euh… eh bien… attends, non ! Il est allé acheter une radio… »

Imaginez-les.

Je leur dirais : « J'offre la première tournée. Vous la seconde. »

★

Mais il faut imaginer autre chose : les Russes. LES RUSSES !

Tandis que tout ça se produit, eux, LES RUSSES, sont déjà en Islande.

Un pays qui, si vous n'êtes pas dans une saga islandaise de héros et de divinités, si vous ne partez pas à la chasse aux volcans, en été dans les années soixante-dix, n'est qu'un fichu endroit glacé au bout du monde. Une île lugubre où le soleil ne se couche jamais, enfin si, mais c'est une rareté semestrielle, où il n'y a pratiquement pas d'arbres, où la lumière est blafarde et l'ennui interminable. Là-bas, les nuits, même à minuit, sont d'un blanc laiteux, elles plairaient beaucoup à Fischer. Ce sont des nuits anxiogènes, elles plairaient énormément à Fischer. (Et en effet, elles lui plairont.)

Eux, ils sont déjà là, arrivés très ponctuels conformément à la convocation de la fédération mondiale des échecs, et ce ne sont pas des Russes de Sibérie ou de vallées paumées de l'Oural, qui restent là où on les met et ne posent pas de problème. Ce sont des gens de Moscou, de Saint-Pétersbourg ; des gens élégants et raffinés, amateurs d'un certain type de vodka et du meilleur caviar, de ballet et de théâtre, des gens qui n'écoutent qu'Igor Stravinsky ou Piotr Ilitch Tchaïkovski et non quatre stations de radio à la fois, n'essayez pas de leur parler de Bob Dylan avec sa petite voix et sa petite guitare ! Des gens qui ne lisent que Dostoïevski et Tolstoï. Des gens qui envoient un télégramme au Parti après chaque victoire pour en attribuer le mérite à la grande mère Russie.

Parmi eux, il y a Boris Spassky, le champion du monde d'échecs en titre.

Voilà, lui, c'est un peu plus qu'un joueur : une icône. Né à Leningrad, évacué pendant le siège, il revient en 1946 dans le paysage lunaire de la ville dévastée : à cet enfant famélique de neuf ans, le Parti et les échecs offrent subsistance, ordre et gloire. Il s'élève de la poussière, littéralement, jusqu'au trône de champion du monde, ce qui en Russie signifie être acclamé et bénéficier de grands privilèges. C'est un roi. Et maintenant, avec sa vaste équipe de soutien, il est là, dans un hôtel merdique de Reykjavík – d'accord, c'est le meilleur disponible, mais l'Islande de 1972 a un revenu par habitant de 2000 dollars par an, alors que le prix pour le championnat du monde d'échecs sera de 125000 dollars, l'écart est flagrant, non ? Ils sont là en train d'attendre que Fischer daigne se joindre à eux. Fischer, qui n'arrivera peut-être jamais et qui est allé à l'aéroport aujourd'hui pour acheter une radio.

Sans compter que les Russes, là-haut en Islande, ils sont vraiment nombreux. Très nombreux. Si Fischer arrive seul, lui et c'est tout, sans donner de nouvelles, en se déplaçant comme un électron libre, bref si Fischer est là tout seul – tu parles d'une nouveauté –, les Russes, eux, ils sont une armée.

★

Boris Dix – c'est comme ça qu'on surnomme Spassky, parce qu'il est le dixième champion du monde depuis que les championnats officiels existent – est soutenu par une petite armée d'assistants. Sauf que… assistants, bon Dieu, les qualifier d'assistants, c'est les dévaloriser : ce sont tous des as des échecs, de grands maîtres, même dans certains cas d'anciens champions du monde, qui vont non seulement l'entraîner et le soutenir en Islande, mais aussi lui prodiguer des conseils et lui suggérer des stratégies pendant les pauses.

Du style : au repas, Fischer sera dans un coin, à une table ronde avec une nappe blanche, en train de boire son lait Holland, tandis que Spassky déjeunera comme à la cour, avec des mets raffinés préparés pour lui par le cuisinier de la délégation russe, entouré de psychologues, d'entraîneurs et de joueurs d'échecs monstrueusement bons, tous là pour le conseiller, le soutenir et l'encourager. Lui suggérer ce qu'il faut faire et ne pas faire. Ce qu'il faut dire et ne pas dire. Et puis un masseur, un médecin et une dizaine d'agents du KGB, parce qu'on ne sait jamais.

Chose (la présence d'une équipe de soutien) que Fischer trouve du reste, eh bien, très incorrecte. Depuis quand les échecs sont un jeu d'équipe ? C'est inconcevable. Comme il serait inconcevable d'avoir un entraîneur : « Et toi, pardon, mais qui tu es pour me parler d'échecs sur un pied d'égalité ? » Tout est très clair.

Mais si cultivés, éduqués et raffinés que soient les Russes, qui font le plein d'ennui en Islande depuis plusieurs jours, quand ils apprennent que Bobby est allé à l'aéroport pour acheter une radio, ils n'arrivent pas du tout à se taire. Et ils font la seule chose que ces Russes-là pensent pouvoir faire. Ils se réunissent, ils en parlent, ils s'indignent, l'un d'eux abat certainement son poing ganté de cuir noir sur la table, quelques grands mots fusent sûrement, et puis c'est le champion du monde lui-même qui prend la décision la plus dure. Et irrévocable. Et il le fait de sa propre main : il écrit un télégramme.

Eh oui, Spassky, au milieu de la tension la plus absolue, a le sang-froid, le calme et la lucidité d'envoyer un télégramme à l'arbitre du match, l'Allemand Lothar Schmid. Qui est loin ? Qui est inaccessible ? Qu'il faut contacter par courrier ?

Qui est là, à côté de lui.

★

Un télégramme ? Comment ça, un télégramme ? Mais quel sens ça a, d'envoyer un télégramme !

Il faut comprendre ce qui est en jeu pour appréhender le sens de ce geste.

Spassky est là, en Islande. L'arbitre du match aussi : ils sont dans la même salle, dans le même hôtel, et Spassky lui envoie un télégramme. Il ne lui fait pas *tap tap* de sa petite main en lui disant deux mots du style : « Pardon Lothar, il faut que je vous parle. Regardez autour de vous, j'ai l'impression que quelque chose ne tourne pas rond… n'est-ce pas ? »

Non, non : il consigne tout par écrit. Spassky ne parle pas : il déclare. Spassky ne pense pas : il calcule. Spassky n'est pas là pour participer au championnat du monde d'échecs : il est là pour le gagner. Ou plutôt, pour le gagner de nouveau.

Aux échecs, il n'y a pas de « Hé, les gars, essayons de faire en sorte que ça fonctionne… », il y a des coups à jouer et à consigner par écrit.

Bon, il est probable que ce télégramme soit en fait arrivé de Moscou et que Spassky l'ait seulement signé, mais selon la version officielle, il a tout fait de sa propre initiative. Et pour les Russes, il n'existe pas de versions officielle et officieuse, il y a la vérité, et la vérité, comme l'écrit Dostoïevski, « revêt presque toujours un caractère absolument fantastique ». Le télégramme de Spassky, en revanche, dit ceci :

L'opinion publique soviétique et moi-même sommes fort indignés par le comportement de Bobby Fischer. Il s'est discrédité en manquant de respect aux valeurs généralement partagées par tous. Nous demandons à ce que des mesures soient prises.

Boris Spassky, champion du monde.

Bref, qu'il ne soit pas présent à l'ouverture du tournoi, que la convocation soit pour le 28 juin et qu'il ne soit pas encore arrivé le 2 juillet, passe encore, mais s'il ne se présente pas à temps pour jouer la première partie conformément au programme, Spassky demande son exclusion du championnat du monde. Et la victoire par défaut.

★

À ce stade : deux choses *assez* incroyables se produisent.

Tout le monde sait où est Fischer. Les journalistes l'ont vu et photographié. La presse mondiale a relayé l'information. Même la télévision. Et tout le monde sait qu'il n'y a aucune chance qu'il soit en Islande pour disputer la première partie contre Spassky à la date prévue : le lendemain.

Et tandis que le juge envisage de le disqualifier et de donner la victoire à Spassky – l'événement politique et sportif le plus important au monde fichu en l'air, avant même d'avoir commencé, par les caprices d'un fou –, les services secrets américains opèrent un miracle.

Par le biais d'un communiqué officiel, ils déclarent que Fischer se trouve en réalité déjà en Islande ; celui qui a été vu à l'aéroport en train d'acheter une radio était un sosie (ce genre de choses se faisaient dans les années soixante-dix afin de détourner l'attention des gens). Lui, pour éviter la presse, il est arrivé en Islande à bord d'un sous-marin nucléaire et se cache maintenant quelque part en dehors de la ville.

« Au milieu des glaces ? » demandent les Russes, qui l'ont bien regardée, l'Islande – ça fait près d'une semaine qu'ils sont là. Ce n'est pas la Californie où, en dehors de la ville, il y a une petite ville et, en dehors de la petite ville, un village, et ainsi de suite. Ici, en dehors de la ville, il y a des elfes, si on veut vraiment aller voir.

Il est dans un site secret américain, disent les services de renseignement pour clore le chapitre. Mais il n'a pas violé le règlement, il était déjà en Islande pendant la cérémonie d'inauguration, sauf que personne ne le savait.

Il ne faut pas le disqualifier, au contraire, le début du tournoi doit être reporté de quelques jours car le jeune homme, pour se rendre en Islande, a dû déjouer les pièges et les embuscades – voire une tentative d'assassinat – du KGB, qui voulait l'empêcher d'arriver à temps sur l'île, assurant ainsi la victoire des Russes.

Et cette version de la CIA, bien que totalement inventée, est considérée comme *plausible*. Peut-être pas par les Russes, mais par les organisateurs, si bien que le début du tournoi est repoussé d'une semaine, au 11 juillet.

Et puis, comme si ça ne suffisait pas, la CIA accomplit le second miracle, bien plus sensationnel. Elle fait sonner le téléphone dans la villa de style Tudor où Bobby Fischer s'est barricadé. Chose incroyable, celui-ci l'entend malgré le vacarme des quatre radios allumées et – chose encore plus incroyable de la part d'un homme qui passe parfois plusieurs mois sans répondre au téléphone – il décroche et demande :

– Allô ? Qui est à l'appareil ?

Sur un ton aimable.

Si ce n'était l'histoire de Fischer, eh bien il s'agirait de l'appel d'un démarcheur téléphonique, de quelqu'un qui essaie de vendre des encyclopédies ou s'est trompé de numéro. Plus probablement de l'agence de voyages qui l'envoie se faire foutre une fois pour toutes. Parce que, soyons honnêtes, c'est comme ça que les choses se passent, dans la vie. Moi, j'ai répondu «*prosciutto*» à Maurizio Costanzo.

Mais à l'autre bout du fil, tandis que le standardiste de la CIA manœuvre les tentacules de ses fiches pour les mettre en contact, il y a Henry Kissinger. Qui, si on veut le décrire brièvement, est: le conseiller à la sécurité nationale, le futur secrétaire d'État de Nixon, un des diplomates les plus raffinés de l'histoire américaine. Un homme calme et plein d'autorité surnommé Superman (voire Superstar), capable de bâtir des alliances paradoxales, de conclure des accords impossibles, de tenir le monde en haleine. Voilà, ce personnage incroyable, inexplicable, qui rencontre Mao Tsé-toung en Chine et se fait recevoir au Kremlin si ça lui chante, téléphone à Bobby Fischer le 2 juillet 1972. Et il lui dit:

– Robert (Kissinger n'utilise pas de diminutifs: Fischer s'appelle Robert James et lui, il le sait), ce que vous entendez, c'est la voix du pire joueur d'échecs du monde qui appelle le meilleur joueur de l'histoire.

Et puis il prononce la phrase par laquelle il la change, l'Histoire.

– Je vous appelle pour vous dire…

À ce stade, un autre aurait hurlé: «Bouge ton cul du canapé, mets-toi une coiffe de chaman arctique et file en Islande pour casser la gueule aux Russes: c'est un ordre!» Ou bien: «Fiston, si tu ne pars pas immédiatement, la chaise électrique t'attend au Texas… Tu entends comment il grésille, le courant électrique?» Ou encore: «Ça, Bobby, ce n'est pas une requête de ton gouvernement, ni même un ordre de ton président: la seule chose que tu peux faire pour sauver ta peau, c'est filer en Islande ! »

Le fait est que Kissinger ne donne pas d'ordres, il n'exige pas, ne menace pas. Il ne hausse même pas le ton. Il est le pire joueur d'échecs au téléphone avec le meilleur. Ça s'appelle *captatio benevolentiae.* Et c'est depuis ce plan de supériorité rhétorique évidente qu'il dit simplement :

– *Robert, when you want.*

C'est-à-dire : « Robert, quand vous voulez. » Et il poursuit :

– Le gouvernement des États-Unis vous souhaite de réussir et j'en fais de même. Bonne chance, jeune homme.

Il semble que Fischer n'ait demandé que deux choses avant de raccrocher sans attendre la réponse de Kissinger : que le montant du chèque soit doublé en cas de victoire – à verser aussi sur le compte bancaire de Spassky si par malheur il devait l'emporter – et un approvisionnement à vie en lait Holland. Mais ça, pas pour Spassky, juste pour lui. Même en cas de défaite.

Juste après, Kissinger passe un autre coup de fil. À Londres. Au millionnaire James Slater. Un type un peu siphonné qui a coutume de jouer au bridge contre des adversaires bien plus forts que lui en misant des milliers de livres sterling. Il finance aussi les équipes de jeunes joueurs d'échecs anglais. Kissinger lui explique l'affaire, et l'autre prépare le chèque.

Ainsi, le montant du prix pour le championnat passe en deux coups de fil de 125 000 à 250 000 dollars. Un million et demi d'euros actuels.

Le soir suivant, refusant l'avion militaire et voyageant sur un vol brinquebalant de la compagnie islandaise Loftleidir, accompagné seulement de son ami William Lombardy – prêtre catholique et modeste joueur d'échecs –, Bobby Fischer part faire la guerre aux Russes en Islande. Seul, donc, en compagnie d'un homme d'église.

Même pendant le voyage, il joue aux échecs.

– Comment tu vas t'y prendre ? demande Lombardy. Avec les turbulences, toutes les pièces vont s'envoler !

Alors Bobby tire de sa poche un petit échiquier pliant avec de microscopiques pièces magnétiques noires et blanches.

De temps en temps, je pense à cette scène.

Lui, il a vingt-neuf ans, il mesure près d'1,90 m. Il chausse du 48,5. Ses doigts sont aussi gros que les cannellonis farcis à la ricotta et aux épinards de ma grand-mère. Et sur un vol transatlantique qui l'emmène disputer le championnat du monde contre Spassky, il déplace ces micro-pièces d'échecs magnétiques qu'on a tous eues dans notre enfance. De celles que nous offrait notre tante qui se gourait toujours de cadeau, en disant : « C'est un kit de voyage ! » Comme si, à six ou sept ans, on menait une vie de commis voyageurs. Et les enfants qu'on était décrétaient aussitôt qu'il était nul, ce petit kit pour joueur d'échecs voyageur, perdant à l'instant même un pion, un cavalier. Ce qui le rendait inutilisable. Sans remords, du reste, car la seule pensée qu'on pouvait avoir en regardant ce machin, c'était : « De toute façon, qu'est-ce que j'aurais pu en faire ? Personne ne pourrait jouer avec ce truc ! »

J'en avais un, moi aussi. Mon premier échiquier. L'inutilité faite jouet.

Dès son arrivée sur l'île, il se fait conduire en hâte à l'hôtel Saga et, avant même de s'installer dans sa chambre, il demande le numéro de celle de Spassky au septième étage. Les Russes ne lui ont pas réservé une chambre, ils lui ont pris un étage entier.

Il s'y rend et glisse une lettre sous la porte fermée – c'est la nuit, Spassky dort.

Cher Boris,

Je te prie d'accepter mes excuses les plus sincères pour le manque de respect dont j'ai fait preuve en ne me présentant pas à la cérémonie d'ouverture du championnat du monde ni à temps pour la première partie. Je vous ai offensés, toi et ton pays, l'Union soviétique, où les échecs occupent une place prestigieuse. Sache toutefois que je travaillais pour le monde des échecs et donc aussi pour toi. Il est temps qu'ils cessent de nous considérer comme des pousse-pions et qu'ils nous accordent l'importance que nous méritons. Je sais que tu as l'esprit sportif et que tu es un gentleman, j'espère que tu me pardonneras et je suis impatient de jouer d'excitantes parties d'échecs avec toi.

Bien à toi.

Bobby Fischer[1].

Il y a une chose qu'on disait à propos des *excitantes* parties d'échecs avec Bobby Fischer. « Quand vous jouez avec Bobby, le problème, ce n'est pas de gagner ou de perdre. Le problème, c'est de survivre. »

Et qui disait ça ?

Boris Spassky.

★

1. Ce texte, fidèle à l'esprit du billet de Bobby Fischer, a été revisité par l'auteur. *(N.d.T.)*

Une fois réglée la question de la lettre, Fischer regarde Lombardy.

– On va se coucher ? demande le prêtre, épuisé.

Mais Fischer retourne à la réception. Où il demande si l'hôtel a une salle de sport. Puis il s'y rend. Il se défonce à coup d'abdos, il fait des centaines de pompes, il joue au ping-pong – tout seul, bien entendu – pendant quelques heures. Il nage. Oui, il y a aussi une piscine. Ensuite, presque à l'aube, il entre dans la chambre où Lombardy dort depuis longtemps déjà, exténué, et se remet à faire ce qu'il n'avait interrompu que pendant quelques minutes : réviser mentalement les 14 000 coups que Spassky a joués au cours des 355 parties précédentes ; il les connaît par cœur, les ayant notés dans le carnet rouge dont il ne se sépare jamais depuis un an, douze heures par jour et sept jours sur sept. Qu'il étudie toujours et exclusivement de la même manière : en écoutant quatre stations de radio en même temps. Et en buvant son lait.

Chapitre trois

Si on commence avec des certitudes,
on finit avec des doutes.
Si on commence avec des doutes,
on finit avec des certitudes.
Francis Bacon

Moi aussi j'en ai toujours bu, du lait.

Quand j'étais enfant, bien sûr, mais encore aujourd'hui, je ne peux vraiment pas m'en passer, du moins au petit déjeuner. Cependant, depuis quelques années, je ne bois que du lait de chèvre, que des amis m'envoient du Trentin-Haut-Adige. Ou d'Alagna, près de chez moi, par packs de six. Il est merveilleux. Même avec le café. Même avec les biscuits.

Voilà, ça pourrait sembler une digression inutile, alors que c'est l'indicateur qui m'a mis sur la voie. Ou plutôt le signal : dans une histoire où trempent la CIA et le KGB, mieux vaut éviter les termes ambigus comme « indicateur ».

La passion de Fischer pour le lait a éclairé en moi les raisons pour lesquelles son histoire a pu enflammer mon père et ses collègues ce jour-là ; et moi, maintenant.

Je ne crois pas qu'ils s'en soient rendu compte, ni qu'ils aient deviné la portée de ce dont ils parlaient vraiment.

Mais ils ont perçu quelque chose et s'y sont accrochés, forts de leurs certitudes. Bobby les intéressait en tant que *fou*, en quelque sorte. Sans soulever le doute que la vérité, avec sa propension à déborder dans le fantastique, était peut-être tout autre.

Alors pour moi, maintenant, essayer de raconter cette histoire, c'est un peu comme revenir en arrière, m'asseoir à cette table avec mon père et ses amis, lever la main et donner mon point de vue. Ce que la vie m'a radicalement interdit de faire. Parler à mon père d'adulte à adulte. Et lui dire : « Tu vois, papa, la question ne porte pas sur les échecs. Ni, si je peux me permettre, sur Bobby Fischer. La question cruciale, c'est le lait. »

Je le vois, lui et ses collègues. Ils se tournent tous vers moi, me scrutent, la tête un peu penchée. Ils ont les yeux vides, comme pour dire : « Tu as perdu la raison ? » Ce sont tous des psys. Très réputés. Ça me fait un certain effet d'imaginer qu'ils pensent ça.

Mais le doute doit naître. J'essaie de voir où il me mène. Le lait.

Je repense à tout ce que Bobby a fait depuis que j'ai commencé à le raconter. Je survole et revois tout. Non, pas de doute. Moi, une chose dans le genre, aussi étrange, absurde, inconcevable, folle, mystérieuse, je l'ai déjà vue. J'en connais déjà une, d'histoire comme ça. Et même, je la reconnais ! Parce que pour moi, un tel comportement n'est pas entièrement nouveau. J'ai déjà vu quelqu'un se comporter comme ça. Du pareil au même. Ça va du lait à la radio en passant par la férocité, la douceur… Je le connais bien, le pied qui a pu laisser l'empreinte de cette histoire. Le pied, bien sûr, des orteils au talon… Bobby Fischer, je commence à comprendre pourquoi tu mets mon cerveau en ébullition. J'ai compris qui tu es. Tu joues à cache-cache mais moi, je t'ai trouvé. Le lait t'a trahi, mais aussi le jeu de cache-cache en soi, on le verra.

Un homme né pour faire la guerre, un guerrier redoutable et cruel, très talentueux depuis l'enfance, un soldat sanguinaire uniquement trempé pour le combat, dont l'univers n'est autre qu'un fait d'armes, dont la vie – le destin déjà scellé – n'est autre qu'une série de batailles où tous les coups sont permis, moi, cet homme, je sais qui il est.

Le paladin d'un monde et d'une culture – d'un bloc politico-culturel – qui, au lieu de lutter contre un ennemi situé aux antipodes – dans un autre bloc politico-culturel – lors de l'affrontement guerrier le plus important de tous les temps (et sur lequel les pères fantasmeront avec leurs fils pendant des millénaires), au lieu d'aller braver son ennemi sur le champ de bataille, se réfugie quelque part, s'allonge et ne fait qu'écouter de la musique et boire du lait (le signal !), moi, cet homme-là, je l'ai déjà vu. Je le connais.

On le connaît tous. Le mythe l'a déjà racontée par le menu, cette histoire, identique ! Détail par détail. Et moi, je la connais par cœur. Parce qu'elle fait déjà partie de moi. Comme elle fait déjà partie de nous tous. Elle est à moi, et elle est universelle.

★

Bobby Fischer, en 1972, fait la même chose qu'Achille, à l'identique. Achille le Péléide durant la guerre de Troie. C'est Achille le Péléide, bien sûr ! Je lis des choses sur Bobby et, à l'intérieur de lui, Achille joue à cache-cache !

Certes, ce dernier a une belle chevelure flottante et son physique n'est pas celui d'un joueur d'échecs, c'est clair, tandis que Fischer a les oreilles un peu décollées. Mais il est beau à faire peur. Barbra Streisand – qui a un an de plus que lui et qui chantera *Woman in Love* – se déclare « *in love* » de Bobby Fischer au cours de ces années-là. Mais elles sont toutes amoureuses de lui ! Il a un magnétisme effrayant. Et un style vestimentaire incroyable !

Et puis, quel physique il a ? Oh, certainement pas celui d'un joueur d'échecs, Bobby. C'est un athlète, il mesure 1,90 m, on l'a déjà dit, il a des pectoraux et des abdominaux formidables pour quelqu'un qui déplace des pions. J'ai récupéré une photo de lui sous la douche – il était harcelé par les journalistes, ils le poursuivaient partout, si bien que, pour quelqu'un qui veut écrire sur lui, la matière est inépuisable – et j'ai vu la série de photos que Harry Benson lui a consacrée : lui qui s'entraîne au saut à la corde, lui qui lance le medecine-ball, lui qui retient son souffle pendant d'interminables minutes au fond de la piscine puis qui nage comme un dauphin ; autant de photos qui vous font penser : « Putain mais ce type, s'il monte sur le ring, il file un gnon même à Mohamed Ali ! »

À quoi ça lui sert, un physique comme ça, à un joueur d'échecs ? À rien, si ce joueur d'échecs ne cache pas Achille.

Et puis il y a le détail du lait, marginal peut-être, mais c'est la fissure à l'intérieur de moi qui, goutte à goutte, a fait céder le barrage du doute.

Achille. Son nom signifie « celui qui est privé de lèvres ». Du grec *a-kheîlos*, où *kheîlos* sont les lèvres et « a- » un alpha privatif. Achille a beau être magnifique, quand il sourit, ce n'est qu'un rictus, un grondement de dents exhibées. J'ai des photos de Fischer en train de sourire. Oui, les lèvres sont là. Mais on les remarque après coup : d'abord, on remarque le rictus. Le cirque de dents blanches qu'il a. Ça ne suffit pas ? Je n'ai convaincu personne ? Où est le lait ? En effet, on peut faire mieux, on peut faire davantage.

L'Iliade s'ouvre comme ça, avec Achille qui, pendant la dernière année de la guerre de Troie, alors que la bataille fait rage contre Ilion, ne se bat pas. Le monde autour de lui s'effrite et tremble parce qu'il ne se bat plus et se soustrait à la lutte. Il est dans sa tente, il boit du lait et joue de la cithare.

Il boit aussi du vin, de l'ambroisie et d'autres choses fantastiques, mais cette histoire de lait est génétique, pour Achille. Lui, sans lèvres, mais né avec des dents (jamais un Achille ne naîtrait sans crocs), il n'a pas été allaité. Sa mère, du reste une déesse, n'était pas ingénue au point d'insérer ses divins mamelons entre les dents d'un être qui… oui, c'est votre fils, mais c'est aussi et surtout la férocité incarnée. Achille : un loup.

Ainsi, le Péléide, pour compenser, s'est gorgé d'emblée de lait de chèvre. Qui fait du bien aux os, comme en témoigne le fait que Zeus, en Crète, a lui aussi été allaité par une chèvre, Amalthée. Bobby Fischer ne boit que du lait. C'est un thème sur lequel tous ses biographes insistent trop pour qu'il puisse être secondaire.

Reprenons : la guerre est partout ; lui, Achille, il *est* la guerre, et qu'est-ce qu'il fait ? Il est allongé. Il s'écoute jouer de la cithare. Il prépare les navires – il n'y avait pas d'avions, même dans la gigantesque imagination d'Homère – pour partir et rentrer chez lui, mais il ne part pas. Il l'annonce puis se dédit. « Demain, à l'aube, nous mettrons les voiles… », or il change d'avis. Vous commencez à relier les pointillés, n'est-ce pas ?

On dirait un stéréogramme. Une nébuleuse de points isolés qui offrent cependant, vus d'une certaine distance, une image tridimensionnelle inattendue.

Poursuivons : ses ennemis sont les Troyens – pour Fischer, ce sont les Russes –, et lui, il ne les défie pas, il les provoque. Fischer fait de même. Le championnat du monde a commencé, la guerre fait rage : le héros, le plus attendu de tous, joue à cache-cache. Comme il l'a toujours fait.

Achille est un Achéen, un Grec, un Occidental ; Fischer est un Américain (d'origine allemande ou hongroise, on le verra), un Occidental. Achille et Fischer font partie du même bloc politico-culturel. Les Troyens sont asiatiques, les Russes aussi, ce sont deux opposés exacts, spéculaires, qui se font face. Ils sont les antipodes.

Il y a plus, bien sûr. Dans le mythe, il y a toujours plus.

Le siège dure dix ans, les coups portés sont grandioses, et pourtant la domination troyenne résiste ; Fischer, ça fait dix ans, même davantage à vrai dire, qu'il tente de battre les Russes. Et leur domination résiste. Et même, ils le battent souvent. Contre Spassky, par exemple, il n'a jamais gagné. Jamais, pas une seule fois[1].

Les Achéens, et donc Achille, sont encore là en train d'assiéger Troie au bout de dix ans. Les meilleurs jours, ils sont à égalité.

---

1. Ils se sont connus en Argentine en 1960, lors du tournoi de Mar del Plata. Bobby avait à peine dix-sept ans, et Spassky – peut-être pour le mettre à l'épreuve, pour comprendre, en enfonçant les dents dans sa chair, de quelle pâte était fait ce buveur de lait – l'a provoqué en ouvrant par un gambit du roi, une ouverture très audacieuse. Bobby, avec les noirs, a réussi à faire partie nulle. Pour mémoire : ils ont remporté le tournoi à égalité, avec deux points d'avance sur le troisième. Un abîme.

À ce stade de la guerre, de l'autre côté, il y a Priam et ses cinquante fils à affronter, dont Hector – il y a Spassky avec son armée d'assistants, dont certains anciens champions du monde ; de l'autre côté, il y a la guerre, il y a les ennemis, il y a la grande occasion de la vie, et Achille reste dans sa tente. À l'écart. Il joue de la cithare. Il boit du lait.

Il y a le championnat d'échecs de 1972, la raison pour laquelle Fischer est au monde, et il reste sur son canapé. Il écoute la radio. Il boit du lait.

Si la guerre de Troie peut être considérée comme la première guerre mondiale, bien qu'elle ne soit pas comptabilisée, la guerre froide pourrait être la troisième (la quatrième en comptant la guerre de Troie), or elle non plus n'est pas comptabilisée. Le championnat du monde d'échecs, qui est sans le moindre doute une guerre mondiale, n'est jamais non plus comptabilisé en tant que telle. On se trouve dans le royaume opaque et invisible des guerres non déclarées, voilà où on est.

Il y a plus, bien sûr, encore plus.

Non seulement les deux héros, Achille et Fischer, font la même chose, mais ils la font pour la même raison.

Par peur ?

Quelqu'un a l'impression qu'Achille ou Bobby Fischer pourraient avoir peur ? Et de quoi, exactement ?

Pour faire monter les enchères ?

L'un comme l'autre, ils ont tout à perdre, tous deux savent qu'ils mourront jeunes, deux prophéties *identiques* pèsent sur leurs âmes – tel est le lot des héros –, ils ne tirent pas sur la corde et ne veulent pas non plus agacer l'adversaire : si Achille ne va pas au combat, les Troyens gagnent. Et Achille le sait. Si Fischer ne joue pas contre Spassky, les Russes gagnent par défaut. Et Bobby le sait.

Comment peut-il être agacé, celui qui est sur le point de gagner parce que son adversaire est un « fou » qui ne se présente pas ? Les Troyens ne sont pas agacés, au contraire : ils tirent profit de la défection d'Achille. Les Russes ne sont pas agacés par les retards de Fischer ; et même, ils ont hâte de quitter l'Islande.

Non, ce n'est pas par peur qu'ils ne se battent pas, ni pour faire monter les enchères – même si c'est en effet ce que Fischer obtient –, et ce n'est pas pour faire des vagues.

Pourquoi ils le font, alors ?

Par folie ?

C'est ça ta thèse, papa ? C'est comme ça que vous vous racontiez cette histoire, ce jour-là ? En recourant aux certitudes exprimées par Reuben Fine ? Narcissisme, paranoïa, homosexualité latente, et blablabla... Je l'ai, ce livre, c'est le tien. Je l'ai lu ces derniers jours, j'ai vu ce que tu avais souligné... C'est une possibilité, certes. Reuben Fine n'est pas un idiot, du reste. Mais je ne crois pas qu'il en soit ainsi.

Achille et Fischer sont jeunes, ils ne sont pas fous.

Ce sont des demi-dieux, ce qui signifie qu'ils sont *différents.* Ce n'est pas l'idéal, si vous avez aussi le problème d'être jeune.

Et puis ce sont des loups, c'est ça la vérité. Or les loups ont faim. Toujours. Et ils attaquent même quand ils ont l'air de se cacher. Vous joueriez à cache-cache avec un loup ?

À la limite, on pourrait se demander pourquoi ce sont des loups. On le fera. Ou plutôt, c'est Bobby qui nous le dira.

Si l'histoire de Bobby Fischer peut sembler bizarre, incohérente, illogique, incompréhensible, c'est parce que ce n'est pas une histoire : c'est un mythe. Et les mythes sont chaos, merveille, métamorphose ; ils n'ont rien à voir avec la logique. Et ils entraînent même dans ce tourbillon magmatique un jeu fait de logique pure, comme les échecs. Et le seul moyen de tenter de la comprendre, l'histoire de Bobby Fischer, c'est de la traiter comme ce qu'elle est en réalité : le mythe d'Achille.

Et de prendre Spassky pour ce qu'il devient une fois les pièces disposées sur l'échiquier du mythe : le véritable adversaire d'Achille.

Hector ? Mais non, quelle idée ! Dans *L'Iliade*, le véritable adversaire d'Achille, ce n'est pas Hector : le véritable opposé d'un guerrier n'est pas un autre guerrier. Peut-être que l'*ennemi* d'Achille est Hector, ça oui, mais son véritable *adversaire*, ce n'est pas lui.

Surtout dans la partie d'échecs du mythe, où l'immortalité est en jeu.

Si Achille est un guerrier qui entre sur le champ de bataille pour boire le sang de quiconque se dresserait sur son chemin, avec férocité et arrogance (c'est comme ça que Fischer joue aux échecs), alors l'adversaire, l'opposé, l'antagoniste d'une personne qui agit de la sorte doit être… un stratège retors, un conspirateur, un traître, un charmeur de mots. Quelqu'un qui contourne l'obstacle pour frapper l'adversaire dans le dos, là où il est le plus fragile. Ou dans son sommeil, ou ivre. Ou ivre dans son sommeil, encore mieux ! Quelqu'un qui ne vous donne pas un coup de tête en vous regardant en face, mais qui vous aveugle tandis que vous avez les yeux fermés, après vous avoir convaincu que son nom est Personne.

Le véritable adversaire du loup n'est pas un autre loup : c'est le chasseur. Un homme qui, pour forcer les lignes ennemies, utilise la ruse, les pièges, les tromperies – celle du cheval, pour n'en citer qu'une –, les embuscades, les déguisements. Un homme à l'ingéniosité protéiforme. C'est Ulysse.

C'est Boris Spassky, le champion du monde de ce jeu qui est stratégie à l'état pur. Le grand stratège, l'homme à l'ingéniosité protéiforme (Garry Kasparov lui-même, dans son livre *On My Great Predecessors*, emploie le qualificatif « polyédrique » pour définir l'ingéniosité de Boris, si vous voyez ce que je veux dire).

Spassky a un style indéterminé, nébuleux, il est capable de jouer dans n'importe quel type de position, de déplacer les pièces des deux mains indifféremment, la droite et la gauche, tel un poulpe : Ulysse, pour Homère, est un poulpe.

Boris Spassky, le grand stratège : Ulysse.

Bobby Fischer, le grand guerrier : Achille.

Homère parsème son récit de choses intéressantes sur ces deux-là, je les cite telles que Matteo Nucci les répertorie dans son livre sur Achille et Ulysse, *La ferocia e l'inganno* (la férocité et la ruse) : l'un est un lion, l'autre un poulpe ; l'un crie, hausse le ton, l'autre a une voix feutrée, ses paroles descendent du ciel tels des flocons de neige ; l'un a des chevilles de pierre, des jambes massives et de larges épaules, l'autre des attaches fines, un gabarit insignifiant, mais la sagesse et la maturité le font paraître plus grand que tous les autres ; l'un est incapable de refréner ses impulsions, l'autre sait dominer ses instincts ; l'un parle sans réfléchir, l'autre seulement au moment opportun ; l'un est effronté, l'autre mesuré ; l'un semble invulnérable alors qu'il est fragile, l'autre paraît faible or il est plus dur que le fer.

Comment Homère a réussi à décrire à la perfection Fischer et Spassky, ce n'est plus un mystère pour moi :

il y est parvenu tout simplement parce que Fischer est Achille et Spassky Ulysse, voilà tout.

Les mythes sont faits pour être réécrits.

Et il y a encore une autre chose, qui devient désormais très évidente.

Outre l'œuvre de Nabokov, un livre bleu clair de petit format circulait aussi chez moi. En raison de sa taille et de sa couleur de conte de fées, je m'amusais parfois avec lui, comme si je pouvais le lire moi aussi. C'était *La vana fuga dagli dei*[1] de James Hillman. Il se trouvait juste à côté du livre de Reuben Fine. Ils font partie de la même collection : « Piccola Biblioteca Adelphi ».

Ce livre est toujours chez moi aujourd'hui. Quand on l'ouvre, on remarque aussitôt une phrase soulignée plusieurs fois. Elle figure dans un chapitre où l'auteur raisonne sur la normalité psychique et tente d'en donner une définition. Hillman se demande à partir de quel seuil on entre dans le royaume incontrôlable de l'anormalité. Il écrit une chose qui me paraît gigantesque : « La partie se joue entre des puissances que nous appelions autrefois divines et qui ont depuis perdu tout nom. » Mais ce n'est pas cette phrase-là qui est soulignée, c'est la suivante, lapidaire : « Les dieux sont devenus des maladies. »

Voilà pourquoi cette histoire vous faisait faire des étincelles, toi et tes amis, papa. Parce que même si vous ne vous en étiez pas aperçus, elle ne concerne pas le jeu d'échecs, mais les dieux. Et les maladies en lesquelles ils se sont transformés. Ce n'est pas une histoire de certitudes, mais de doutes.

Ce n'est pas la finale du championnat du monde de 1972 : c'est *L'Iliade*. C'est le mythe.

---

1. Édition italienne de *Facing the Gods*. *(N.d.T.)*

Et si on peut soulever des doutes sur la question, c'est parce que les doutes, ici à l'intérieur, sont la seule certitude. Et par « ici à l'intérieur », je veux dire : dans la vie.

Une dernière chose. Sous cette phrase soulignée, tu as écrit : « cit. C. G. Jung ». C'est vrai, Hillman cite Jung dans ce passage, de même que tu as cité Nabokov – je suis maintenant sûr que c'était toi – en référence à Bobby Fischer. Tu sais comment je le sais ?

Mais revenons à l'échiquier, *L'Iliade* est sur le point de commencer. C'est une histoire de pères et de fils. On est déjà à l'intérieur, nous aussi.

Chapitre quatre

Chante la colère, déesse, du fils de Pélée, Achille,
colère funeste, qui cause mille douleurs aux Achéens…
Homère, *L'Iliade* (trad. Eugène Lasserre)

Et alors chante-moi, déesse, la colère funeste du jeune Fischer.

Si je garde un pied sur le sentier du mythe et l'autre sur celui de la vie de Bobby, je finis vraiment par effectuer le même parcours.

Bien sûr, la déesse en question pour Homère et donc pour Achille, c'est Calliope, la muse à la belle voix ; mais Bobby en a une lui aussi. À vrai dire, tout le monde en Amérique en a une en 1950, tandis qu'il a sept ans et que sa vie est sur le point de basculer. C'est une chanteuse, elle s'appelle Sarah Vaughan, mais pour tout le monde, elle est « The Divine ». La Diva, ou la déesse, par excellence.

Un de ses singles fait un tabac, on l'écoute partout. C'est une très belle chanson, pas de doute, d'ailleurs Nina Simone en personne en proposera une reprise à donner le frisson des années plus tard, mais ce qui est intéressant, ce n'est pas ça, c'est que les paroles, une fois de plus, semblent écrites pour Bobby.

Elle s'intitule *Can't get out of this mood.* Je n'arrive pas à sortir de cet état d'esprit. Quel état d'esprit ? Celui sur lequel Nabokov aussi s'interrogeait en référence à son Loujine. Celui qui porte un enfant de sept ans à éteindre le monde et à ne laisser qu'une seule chose éclairée : un échiquier.

★

New York, Brooklyn, Lincoln Palace : c'est là que ça se passe.

Un vilain endroit très mal famé fait de terrains de basket et de sirènes de police. L'année ? On l'a déjà dévoilée : celle de la Diva au sommet du hit-parade, 1950.

Bobby a sept ans – soyons précis pour une fois : Robert J. Fischer est né à Chicago le 9 mars 1943 à quatorze heures trente-neuf ; en somme, c'est un enfant, et pour se détendre il fait déjà cette chose étrange qu'il fera toute sa vie : il écoute la radio.

Il l'écoute malgré lui, en vérité, car il s'est disputé avec sa sœur Joan, âgée de treize ans, et s'est enfermé dans la salle de bains. La salle de bains, pour lui, c'est une sorte de tanière, de refuge. Alors elle a allumé la radio et poussé le volume au maximum.

– Comme ça, si tu pleures, maman ne t'entendra pas ! elle lui hurle.

Mais Bobby ne pleure pas, non qu'il ne le fasse jamais, il le fait – c'est Achille ! Et Achille pleure beaucoup –, mais parce qu'écouter la radio, ça le détend. Il s'allonge dans la baignoire. Il regarde le plafond. Et puis de toute façon, maman n'est pas là. Elle n'est jamais là. Quel sens ça aurait, de hurler ?

Sa mère – Regina – n'est pas à la maison, elle est au travail. Elle en a même deux. Et puis elle va en classe.

Et son père ? Où est son père ?

Là, si on était en train de jouer aux échecs, il nous faudrait roquer pour répondre à cette question. C'est-à-dire jouer le seul coup qui permette de toucher et de déplacer deux pièces en même temps, le père et la mère de Bobby. Un coup important, selon les maîtres, il faut le faire dès que possible. Pourtant, il procure toujours quelques frissons. Vous êtes prêts ? Roquons.

★

La mère.

Raconter l'histoire de la mère de Bobby, c'est risquer de perdre la tête. Elle s'appelle Regina. Regina Wender. Elle est née en Suisse, sans doute à Zurich, mais a grandi en Amérique, à Saint Louis, dans le Missouri. Elle a des ancêtres polonais et elle est de confession juive. Mais tout ça ne compte pas plus qu'un simple trèfle sur une colline de trèfles par rapport au fait qu'elle s'appelle Regina[1].

La mère du plus grand joueur d'échecs de tous les temps s'appelle Regina ! (« *Toc toc*, docteur Freud, vous êtes là ? Vous avez entendu ça ?! ») On pourrait aussi le dire comme ça : Bobby est le fils d'une reine. Et Achille ? Lui aussi. Sa mère, Thétis, dirige les Néréides, les nymphes des mers, elle est donc leur reine.

Si je voulais jouer, je pourrais sourire du fait qu'on a d'un côté la reine des nymphes et de l'autre une Regina dont le nom de femme mariée signifie « pêcheur », mais je ne veux pas jouer. Il y a des coïncidences bien plus significatives.

---

1. En italien, « *regina* » signifie « reine ». C'est aussi ainsi qu'on désigne la pièce d'échecs appelée « dame » en France. *(N.d.T.)*

Thétis, la mère d'Achille, est une reine douée du don de métamorphose ; Regina, la mère de Bobby, est une femme métamorphique qui a deux emplois et parle cinq langues, dont le russe. Elle est si métamorphique que le FBI devient suspicieux et ouvre un dossier sur elle. Quelques papiers administratifs ? Pas vraiment : quand il sera clos, ce dossier comptera environ neuf cents pages. Si on mettait la main dessus, on découvrirait qu'en 1932, alors qu'elle a dix-neuf ans, elle quitte les États-Unis et rejoint son frère à Berlin pour y étudier la médecine. C'est là qu'elle rencontre Gerhard Fischer, selon la CIA : un communiste ! Ce n'est pas une période facile en Allemagne, les années trente, pour un couple composé d'un communiste et d'une jeune fille juive, alors tous deux déménagent à Moscou afin d'éviter d'avoir de sérieux soucis. C'est là qu'ils se marient. Et que Joan, la sœur de Bobby, voit le jour, tandis que Regina, toujours à Moscou, se spécialise en médecine. En 1939, elle rentre en Amérique où elle emmène sa fille. Et M. Fischer ? Il reste en Europe. Il s'enfuit ensuite au Chili où il deviendra activiste politique et s'attirera de nombreux ennuis. Il se remariera et aura deux autres enfants.

Regina et lui ne se reverront jamais après 1939. Pour le restant de leurs jours. Pas besoin d'être un génie pour comprendre que quand Bobby voit le jour en 1943, ses parents ont cessé de se fréquenter depuis plus de quatre ans. Bon, si Regina n'était pas Thétis, on pourrait jouer la carte de l'immaculée conception pour expliquer le mystère, mais ne mélangeons pas les mythes.

Alors qui est le « vrai » père de Bobby ? Sur tous les documents, il y a écrit : Gerhard Fischer. Bobby porte même son nom (d'ailleurs faux, choisi par commodité par les deux parents à Berlin afin de se débarrasser des leurs, un peu trop juifs – Leibschner pour lui, Wender pour elle – et donc *dangereux*). En somme, Bobby, qui est ton père ?

Et maintenant, déplaçons l'autre pièce pour compléter le roque.

Le père.

Regina, en 1942, rencontre un émigré hongrois : Paul Felix Nemenyi, lui aussi un Juif fuyant les persécutions nazies arrivé en Amérique en 1939. Il est professeur de physique théorique. Il enseigne d'abord à l'université de l'Iowa, puis à celle du Colorado, obtenant pour finir un poste important au Naval Ordnance Laboratory de White Oak dans le Maryland. C'est une autorité en matière de dynamique des fluides. De temps en temps, il en parle même avec un type échevelé : Albert Einstein. Ou avec une fille qu'il vient de rencontrer : Regina Fischer.

Si je voulais jouer, je pourrais sourire du fait qu'on a d'un côté un physicien spécialiste de la dynamique des fluides et de l'autre la reine des nymphes des mers, pêcheuse, mais je ne veux pas jouer. Il y a des coïncidences bien plus significatives.

Tous deux se fréquentent très assidûment, mais seulement en 1942. Bobby vient au monde l'année suivante.

Jusqu'en 1952, Paul, qui ne rencontrera jamais cet enfant, enverra chaque mois de l'argent à Regina : vingt dollars. Une somme non négligeable pour l'époque. Pourquoi ? Pour entretenir la famille. Quelle famille ? Eh bien… bonne question. D'après les documents, Regina a deux enfants avec Gerhard Fischer ! Mais ils ne se voient plus depuis quatre ans et il est au Chili ! Regina a fait un voyage au Mexique en 1942. C'est du moins ce qu'elle prétend. Et là, elle aurait vu son ex-mari pour des retrouvailles amoureuses.

Quoi qu'il en soit, Paul lui envoie de l'argent jusqu'en 1952. Et ensuite ? Ensuite il va à une soirée dansante, on met un disque (Sarah Vaughan ? Oh non : *Rock the Joint* de Bill Haley et ses Comets) et il meurt en dansant. D'un infarctus. Les physiciens théoriques ne sont pas toujours taillés pour le rock 'n' roll.

Bref, le dossier de la CIA sur Regina Fischer peut se résumer comme suit : Bobby n'a jamais su qui était son père. Mais il n'était pas idiot, et il savait comprendre les trames secrètes comme personne.

En 1990, il est à Berlin. Où vit Gerhard Fischer, qui demande à rencontrer Bobby. Ils ne se sont jamais vus de leur vie.

– Ça te dit, fiston ? demande Gerhard.

– Va te faire foutre, répond Bobby.

Dans le dossier de Regina, le FBI ne consacre qu'une seule ligne à ce dernier : « C'est un enfant perturbé victime d'une mère malade. »

La célèbre délicatesse des agents de renseignement.

★

Père fantôme, mère absente.

Elle est toujours au travail. Ou en classe. Mais comment ça, en classe, elle n'a pas deux diplômes ? Oui, obtenus à Berlin et à Moscou (à Moscou !) ; en Amérique, ces machins-là ne sont que des bouts de papier. Alors, pour subvenir aux besoins de Joan et de Bobby, elle fait un peu la femme de ménage, un peu l'infirmière, elle étudie un peu la matière dans laquelle elle est déjà diplômée : la médecine. Et puis elle mène une activité politique intense. Manifestations, sit-in, distribution de tracts, elle s'enchaîne ici et ailleurs. Ce genre de trucs.

L'appartement où ils vivent est un taudis. Quatre pièces poussiéreuses et sombres. Dans un immeuble délabré de Lincoln Place. Aujourd'hui, on y trouve Starbucks, le Brooklyn Museum, ce n'est pas mal. À l'époque de Bobby, tout paraissait sale ; et ce n'était pas une impression, tout *était* sale. Même à l'extérieur. La façade du bâtiment : une succession de briques et de fenêtres carrées, des escaliers de secours en forme de Z, de la merde de mouette partout, et dans les allées des bouches d'égout fumantes.

La mer n'est pas très loin, la rue un peu en pente semble la désigner comme une flèche. La reine des Néréides, Thétis, Regina Fischer, ne peut rester trop loin de l'eau. C'est la dynamique des flux.

Bobby est enfermé dans la salle de bains, allongé dans la baignoire blanche et vide, il boit du lait. De temps en temps, il colorie au pastel les carreaux de céramique.

À l'extérieur, Joan croit le tourmenter en écoutant The Divine à fond. Si je l'ai déjà dit, c'est que leur vie, c'est ça. Tous les jours. Une éternelle répétition de gestes. Toujours le même *mood* dont on ne sort pas, comme le chante la Diva.

Bobby ne va pas à l'école, n'a pas d'amis, ne fait rien. S'il quitte la maison, personne ne s'en aperçoit car il joue à cache-cache (tout seul). Il adore aussi un autre jeu : grimper sur le lit et sauter en l'air pour voir jusqu'où il peut arriver sans tomber. Il apprend à voler de plus en plus haut. Mais les locataires d'en dessous commencent à leur casser les pieds à cause de ce vacarme à toute heure du jour et de la nuit. Alors Bobby a l'interdiction de sauter.

« Comment j'ai découvert les échecs ? » Adulte, il répondra comme suit à cette question :

– Les voisins ne voulaient pas que je fasse du bruit. Je n'avais rien d'autre à faire, et les échecs sont silencieux.

Que lui, enfant, puisse sortir de la maison et jouer, ça reste une chose impossible même dans les souvenirs de l'adulte.

Et donc il dessine de temps en temps. À l'extérieur et à l'intérieur de la baignoire. Des monstres. Évidemment. Ou bien il dit des choses comme ça: « Un enfant qui grandit sans parents devient un loup. » Et il le dessine, ce loup. Et il hurle. Et il le dit à sa mère.

Laquelle ne peut manquer de regarder son fils et de s'inquiéter. Elle a étudié la médecine, et même des rudiments de pédagogie. Mais pas besoin de Piaget pour comprendre que cet enfant est « bizarre ». Il ne parle pas, il mange peu et mal, il ne rit pas. Il ne quitte pas la maison. Il est aussi pâle qu'un chiffon passé à la Javel. Il ne se lave pas. Il n'entre dans la baignoire que si elle est vide. Et pour y dessiner des monstres. Ou pour dire à sa mère qu'il est sans parents: un loup.

Alors Regina fait la plus grosse erreur de toute sa vie. Et de toute la vie de Bobby. Et elle la commet comme la commettrait une mère amoureuse de son fils. Que de ravages les parents causent, n'est-ce pas? Par amour, par manquement. Ou parce qu'ils ne savent pas mieux faire.

Elle réagit exactement comme Thétis, la mère d'Achille, qui, pour protéger son fils, le conduira à la perdition, à l'obsession, à la destruction. À la mort. À la découverte de la guerre. Le parallélisme ici est très fin, je procède par degrés.

Voici ce que fait Regina: elle lui offre un cadeau. Pour le sauver. Elle trouve quelque chose à lui donner. Un don fatal.

★

Il y a une chose que Regina Fischer sait, et qu'elle a découverte en Russie, au cours des années où elle y a vécu avec Gerhard. Voici ce qu'elle sait : les enfants jouent. Son fils a besoin de jouer.

Si ce n'était l'histoire de Bobby Fischer, mais la mienne ou celle de n'importe lequel d'entre nous, notre mère irait acheter un ballon de foot. Ou ferait un gâteau et inviterait toute la classe. Moi, en CM2, j'ai demandé à mon père un ballon et des gants de gardien de but. On est allés les acheter ensemble, la matinée a été très belle. Puis il m'a emmené au parc.

– Je te tire des penaltys ?

On est rentrés à la maison crottés de boue, heureux.

Mais Regina, non, ce n'est pas le genre de mère qui offre un ballon à son fils. Et elle ne fait pas de gâteaux.

Regina ne connaît qu'un seul jeu adapté aux enfants. Elle a vu y jouer tous les enfants qu'elle a croisés pendant ses années de jeunesse en Russie. Les échecs. Elle, en Russie, elle a seulement vu des enfants jouer aux échecs. Parce que tous les enfants y jouaient en Russie, que Lénine était un bon joueur et que tout le monde devait complaire au camarade Lénine ! En 1917, avant qu'il inscrive ce jeu au rang des matières scolaires et le définisse comme sport pour le prolétariat financé par le Parti, il y avait trois cents joueurs d'échecs de Moscou à Vladivostok. Trois cents ! Dans tout le pays ! Quand Lénine meurt en 1924, il y en a cinq cent mille. Un demi-million. Et leur nombre augmentera au cours des années trente, et pendant la Seconde Guerre mondiale.

Quand Regina arrive là-bas, tous les enfants russes jouent aux échecs. C'est un jeu, c'est une matière scolaire, c'est un moyen de soutenir financièrement les familles. Le Parti paie pour que les enfants y jouent, et il le fait parce que les échecs sont le thermomètre qui mesure la supériorité de l'URSS sur l'Occident. Et Regina les voit.

Voici ce qu'elle sait : « Mon fils a besoin de jouer. » Et voici le seul jeu qu'elle connaisse : les échecs. Et c'est là qu'elle l'a vu : en Russie. C'est fou, si on considère la suite de cette histoire.

Il y a aussi quelque chose qu'elle ne sait pas. Elle ne peut pas le savoir, même Bobby ne le saura jamais : Boris Spassky est un de ces enfants ; il est un de ces enfants sauvés par les échecs. Boris a appris à jouer dans le train, à l'âge de cinq ans, en s'échappant de Leningrad et en défiant son grand-père pendant l'assaut puis pendant leur fuite. Il posait l'échiquier sur les genoux de son grand-père et ils jouaient là, sur cette petite table improvisée. Les grandes mains du vieil homme enseignaient au petit garçon – qui deviendrait le plus fort à ce jeu – comment déplacer un pion, un cavalier. Il lui disait que c'était un jeu de stratégie et de ruse. Dehors, il y avait trop de violence, trop de guerre pour apprendre à son petit-fils à jouer en guerrier. Il lui a appris à le faire en stratège. En trompeur. En Ulysse.

Et ça me donne des frissons de penser que l'Ulysse d'Ithaque, à peine né, reçoit la visite de son grand-père maternel, Autolycos, célèbre parmi les mortels pour ses vols, ses parjures et ses tromperies. Et que celui-ci, ayant pris l'enfant dans ses bras, le pose sur ses genoux et saisit ses petites mains, le caresse.

– Voici ce que ton grand-père t'apprend, à être le détesté, il lui dit. Et c'est ainsi qu'ils t'appelleront.

Dans le grec d'Homère, haïr se dit « *odyssomai* ». Ulysse – la racine est la même que pour « odyssée » – est celui qu'on déteste. Celui à qui son grand-père enseigne cet art.

Regina ne sait certainement pas que Spassky est un de ces enfants sauvés par les échecs. Elle ne sait certainement pas que son fils sera l'un des enfants qui se perdront dedans.

Elle ne sait pas, mais elle sent que son fils doit jouer. Et donc, en rentrant à la maison après avoir fait des ménages, après avoir étudié Anatomie 1 pour la énième fois, elle entre dans la boutique près de chez elle. Celle qui pue l'amidon de riz. Et l'oignon.

Cet endroit, c'est immonde. Il y a ces rideaux en plastique que vous devez écarter d'un bras et qui retombent dans votre dos. Et ils cliquettent grassement. Et c'est plein de fumée, ou de poussière qui monte dans l'air. Cet endroit n'est pas un magasin de jouets, bien entendu, c'est un trou du cul qui vend de tout. Même le plus laid des échiquiers existant sur la face de la terre. Celui que Regina achète. Le plus laid. Pas parce qu'elle veut celui-là mais parce qu'elle n'a pas le choix. Bref, c'est le seul qu'il y ait. Et elle prend aussi quelque chose pour le déjeuner. Peut-être ce riz blanc bouilli qui imprègne l'air de colle. Elle, c'est quelqu'un qui ne fait pas de gâteaux et qui n'en achète pas non plus.

L'échiquier, le voici. Obscène. Toutes les cases noires et blanches, sans prétention de faux bois, comme celles dont les veinures sont dessinées, un peu estompées, celles qu'on a tous eues. Non, le premier échiquier de Fischer est comme sera sa façon de raisonner : blanc – noir. Stop. Sans fioritures. Et puis les pièces ne sont pas regardables. Petites, carrées, mal découpées dans le plastique où elles ont été moulées. Elles feront l'affaire.

Nabokov, pose-la encore une fois, cette question. Papa, tu es prêt ? Le jour fatal est arrivé.

★

Regina rentre chez elle. Quatrième étage, il n'y a qu'un escalier. Tout sombre. Elle ouvre la porte, personne ne l'accueille. Elle hasarde un « Salut les enfants », il n'y a que la radio, le volume est à fond.

Elle cuisine quelque chose. Personne n'a vraiment faim. Ils s'attablent quand même.

Bobby mange, mais au cours du dernier mois, il n'a fait aucun repas décent. Juste du lait. Joan mange un peu mieux, un peu plus. Elle écarte les grains de riz, les sépare soigneusement, puis elle les ramasse un par un. Elle aussi, elle aurait besoin de jouer un peu.

Et il y a toujours cette radio qui chante, il y a toujours la Diva dans les oreilles de tous.

Chante la colère, déesse… Je n'arrive pas à sortir de cet état d'esprit.

Et puis, sur la table de cuisine en formica vert, dont les pieds télescopiques sont inclinés vers l'extérieur, flanquée de chaises identiques, près d'un de ces buffets blancs laqués, Bobby à droite, Joan à gauche, Regina au milieu allonge les coudes, les pose sur la table, joint ses mains, presque en prière.

– Bobby, je t'ai pris un cadeau, elle dit.

Et lui, il sourit sans enthousiasme, comme si quelqu'un, pour le faire sourire, avait tiré sur ses lèvres avec les doigts. L'index et le pouce. Il y a un effort dans ce sourire. Ce n'est pas de la joie, c'est quelque chose de laborieux.

Il ne montre aucun intérêt, même quand Regina place au milieu de la table, là, devant ses enfants, le paquet qu'elle a fait emballer tant bien que mal.

Pose-la, cette question, Nabokov, allez, pose-la encore, c'est le dernier moment où tu peux le faire !

– C'est un jeu, dit sa mère, vous pourriez y jouer ensemble, si vous voulez.

Personne ne sait comment ce qui s'est produit a pu se produire. Personne ne sait comment ce garçon de sept ans déballant ce cadeau a vécu ce moment, cet instant du jour fatal.

Le Big Bang.

Il n'y a aucune explication et aucune raison pour qu'une telle chose doive se produire. Alors qu'elle se produit. Et elle se produit maintenant. Le garçon voit un jeu d'échecs pour la première fois. Et le monde de Bobby s'éteint d'un coup, comme si quelqu'un avait appuyé sur l'interrupteur et que seule une chose était restée éclairée dans ces ténèbres, une merveille à peine née, un îlot resplendissant sur lequel toute sa vie est destinée à se concentrer à partir de là.

Un échiquier.

Bobby est déjà tombé dans ce trou noir et il ne s'en est même pas aperçu.

– Ça s'appelle les échecs, dit Regina.

– Et comment on fait ? demande Bobby.

Et comment on fait ? demande Bobby Fischer.

Ça, c'est un émerveillement. Une stupeur. Un abîme. C'est l'instant où Michel-Ange voit un burin pour la première fois et demande : « Et comment on fait ? » Où Picasso voit un pinceau et demande : « Et comment on fait ? » Où Albert Einstein voit un rayon de lumière et se demande : « Et comment ça marche ? » C'est Mozart la première fois qu'il soulève le couvercle d'un piano, voit les touches et, d'un index tremblant, appuie sur un sol. Et ce son le terrasse. « Et comment on fait ? », il murmure. C'est le moment où un enfant nommé Diego Armando Maradona voit un ballon pour la première fois et se demande : « Va savoir ce qui se passe si je shoote dedans ? »

Bobby Fischer ne se la posera plus jamais, cette question, mais maintenant, si. C'est un de ces moments qui n'arrivent qu'une seule fois.

La réponse de sa mère me paraît tout aussi gigantesque. Elle le regarde et lui dit :

– Je ne sais pas. Mais dedans, il y a une feuille…

Bobby Fischer, le plus grand joueur d'échecs de tous les temps, un génie, apprend à jouer aux échecs en lisant une notice pliée en huit à l'intérieur de l'échiquier le plus laid du monde.

Il n'a pas de grand-père joueur d'échecs sur les genoux duquel poser un échiquier, ni de père à qui demander comment on déplace le cavalier, il a une mère et reine qui lui dit :

– Lis les instructions.

Et lui, il les lit. C'est une sorte de mode d'emploi. Ça ne dit rien sur l'art des échecs. Ça dit : le pion bouge comme ça, la tour comme ça, le cavalier comme ça. Stop. Bobby le lit et le mémorise. En un instant.

Puis il joue la première partie d'échecs de sa vie : contre sa sœur. Sa mère est déjà sortie de scène. Joan a onze ans, cinq ans de plus que lui. Après l'école primaire, elle est entrée au collège, Bobby est en CP et il a déjà cessé de le fréquenter.

Il la massacre.

– On fait la revanche ? elle demande. Je n'étais pas concentrée.

Les Fischer n'aiment pas perdre, aucun Fischer n'accepte une défaite.

Et il la massacre encore, pire qu'avant.

Ils jouent une dizaine de parties. Ça ne fait jamais un pli. Puis il la regarde dans les yeux.

– Je crois que tu es idiote, dit-il. Je ne veux plus jamais jouer avec toi.

L'un, Achille, parle sans réfléchir. L'autre, Ulysse, seulement à bon escient. Avec l'élégance de Boris, qui, enfant, ne s'approche de son grand-père que pour lui demander :

– Grand-père, si tu n'es pas fatigué, on réessaie les ouvertures ?

★

La sœur est vexée. C'est clair.

Et lui, il fait la seule chose qu'il peut faire. Il se met à jouer aux échecs tout seul. De façon monomaniaque. Contre lui-même. Obsessionnel. Il a sept ans. Il ne fait rien, sinon jouer aux échecs tout seul.

Il demande à sa mère de lui acheter un manuel, puis un autre. Puis un autre. Puis un autre encore. Il étudie, il lit, il joue. Il déplace alternativement les blancs et les noirs. Il ne quitte pas l'appartement pendant une année entière. À laquelle s'ajoute une deuxième année. Puis une troisième.

Il ne sort pour rien au monde, et s'il sort, il emporte son échiquier, il se lave en jouant aux échecs (sa mère démonte une porte et la pose sur les rebords de la baignoire pour qu'il dispose d'une table improvisée, de sorte qu'il puisse jouer, enfin savonné), il mange en jouant aux échecs, il fait tout en jouant aux échecs.

Pendant des années, soit il dort – et rêve d'échecs – soit il joue aux échecs. Seul.

Sa mère demande un rendez-vous pour lui au docteur Harold Kline, le chef du service de psychiatrie infantile du Brooklyn Jewish Hospital, où elle travaille comme infirmière. Il accepte de le recevoir. Pendant l'une de ces deux séances, ils jouent aux échecs. Pour finir, le docteur confie à Regina ce qu'il pense de lui :

– Soyez proche de lui, il en a besoin. Mais laissez-le jouer aux échecs. Il y a plus grave, dans la vie !

Regina ne suit ce conseil qu'à moitié : elle le laisse jouer aux échecs. Mais proche, ça non, elle n'y arrive pas du tout.

★

Pour son onzième anniversaire, Bobby reçoit une chemise à carreaux jaunes et verts. Comme cadeau supplémentaire, il demande à aller au parc. Sa mère pousse un soupir de soulagement. « Peut-être qu'on est tirés d'affaire, après toutes ces années. » Voilà ce qu'elle pense.

– Aujourd'hui, au parc, il y a un maître d'échecs et pour cinq dollars, il défie tous ceux qui veulent jouer contre lui.

Sa mère demande à Joan de l'accompagner.

Bobby joue. Et il perd. Tandis qu'il tire ses cinq dollars de sa poche, il a déjà du mal à se contenir et, dès que le billet lui glisse des mains, il s'accroupit et éclate en sanglots.

– Tu ne sais pas combien de fois ça t'arrivera encore, lui dit le maître.

À partir de là, Bobby se met à fréquenter les cercles de joueurs d'échecs de New York. Au début, il a l'air talentueux, mais ce n'est pas vraiment un phénomène. Entre autres parce qu'il ne parle pas. Mais il emprunte des dizaines et des dizaines de manuels sur les échecs. Il étudie comme un fou.

« Mais qui a enseigné à jouer à ce gamin ? » « Dieu ! », on commence à murmurer. Parce qu'après chaque match, même après les défaites – qui ne sont pas rares au début –, personne n'arrive à croire que cet enfant timide et maladroit aux oreilles décollées – et pourtant si magnétique, si charismatique – n'a que onze ans. Et en effet, il en a plus de trois mille. Et en effet, il est Achille.

Chapitre cinq

On ne peut pas retenir
un monstre qui se respecte.
Le Fantôme de Frankenstein

Mon père fumait parfois la pipe. Rarement, tout de même, et plus pour se donner un style freudien que par goût particulier. Cependant, en homme raffiné même dans ses petites affectations, il en avait une belle collection : une trentaine environ. Et il conservait dans une vitrine de nombreuses variétés de tabac précieux, qu'il ne touchait bien sûr jamais.

Parmi tous ces objets, il y en a un qui traîne encore chez moi : un étui en cuir véritable où ranger les allumettes pour pipe, des bûches suédoises miniature, dix centimètres de bois et un embout soufré. Un étui pour allumettes, ça me paraît aujourd'hui un accessoire si absurde. Les allumettes ont déjà leur propre boîte en carton ciré, pourquoi insérer celle-ci dans un étui en cuir ? Du vrai cuir, en plus ! Pourtant, c'est un objet si élégant et inutile qu'il est iconique à l'extrême. De tels spécimens ne survivent même pas dans les clubs de pipe de Londres, je crois. Et s'il y en a, ils sont en voie d'extinction rapide.

Il y a aussi un aspect qui rend cet étui intéressant à mes yeux : il a été offert à mon père par un collègue américain.

Pendant un de ses séjours chez nous au lac. Il était bien plus âgé que mon père, il devait avoir soixante ans. Et moi, j'étais un enfant, je considérais les trentenaires comme vieux, je ne comprenais pas l'âge de mes parents, et somme toute, en effet, cet Américain était presque de la génération de mes grands-parents. Pour moi, je n'y peux rien, c'était un vieillard.

Et puis un autre aspect influait sur ma façon de calculer son âge : ce psy avait quatre mariages à son actif. Or il ne faisait que parler de sa première femme ; ils s'étaient mariés très jeunes et quittés presque aussitôt, mais lui, il était resté secrètement amoureux de cette jeune fille – raison de l'échec de ses trois autres mariages, peut-on penser. Le feu dormant, les allumettes. Le cuir. Beaucoup de symboles coexistaient chez cet homme. Mais le clou, c'était ça : comme il parlait en anglais avec les autres adultes, je n'avais aucune idée de ce qu'il disait de sa jeune épouse. Parfois, cependant, quand j'étais là, peut-être caché sous la table, il tentait sa chance en italien. Et il disait toujours cette chose fantastique : « Vous auriez dû la voir, elle était très belle, ma femme *primitive.* »

Primitive. Il disait : *primitive.* Il faut préciser qu'il disait aussi *deuxive* et *troisive* quand il parlait de ses épouses successives, mais mon esprit d'enfant m'offrait des scénarios merveilleux quand je l'entendais dire qu'il avait eu une femme *primitive.* Lui, l'ancien maître de l'art de veiller sur le feu.

★

En tout cas, l'étui en cuir contient toujours ces allumettes que mon père n'a pas eu le temps de craquer.

Elles sont nombreuses. Bref, j'imagine qu'à ce moment-là, lui, entouré de tous ses amis assis à la table de pierre, il prendrait sa pipe, la remplirait de bon tabac, l'allumerait avec les allumettes de l'Américain à la femme primitive puis me dirait : « Continue. Vas-y, on t'écoute. »

Et je poursuivrais sur la question de l'âge.

Achille, quel âge il a quand, en dehors des armes, le monde s'éteint autour de lui ? Comment il découvre, Achille, l'échiquier de son propre destin ? Vous vous rappelez comment c'est arrivé à Bobby ? Eh bien c'est pareil. Et sans doute au même âge.

Un nuage s'élève. La fumée de la pipe est épaisse. Je l'écarte de mes mains. Je continue.

C'est vrai, Homère ne nous précise jamais l'âge d'Achille. Cependant, il n'est pas impossible de faire le calcul – aussi inutile soit-il, il faut dire.

Ceux qui, dans ce monde-là, celui de *L'Iliade*, sont *vieux*, les Atrides, pour être clair, les rois de tous les Achéens (Agamemnon et Ménélas), les commandants suprêmes de l'expédition, doivent avoir quarante, quarante-cinq ans à tout casser. S'ils avaient été plus âgés, ils ne seraient pas partis à la guerre.

Je vois mon père hocher la tête.

Les rois *mineurs* tel Ulysse ont une dizaine d'années de moins, ils ont trente-cinq ans ; peut-être trente-trois, si on veut qu'il rentre à Ithaque à quarante-trois ans (après dix années d'*Odyssée*), à supposer qu'il ait quitté la maison à vingt-trois ans, avec un fils – Télémaque – de deux-trois ans.

Et là, il souffle un nuage violet. Il regarde le Suisse de travers. Celui-ci a laissé tomber un mégot sur la pelouse. « Moi, sur les tapis de ta maison, je ne me permettrais jamais de faire ça », alors l'autre le ramasse.

Les simples soldats sont plus jeunes : disons qu'ils ont la vingtaine. (Bien sûr, il y a le problème suivant : c'est une guerre qui dure dix ans, mais les soldats avaient peut-être entre seize et vingt ans lors de leur première année de combat… quoi qu'il en soit, tâchons d'éviter les sophismes et de ne pas quitter le sentier.)

C'est très beau, tout ça, mais Achille ?

S'il y a bien une chose sur laquelle Homère insiste, ce n'est pas qu'il est « fou », mais qu'il est « différent ».

« En quoi ? », il demande en se tournant pour tirer sur sa pipe.

En un tas de choses. La première : c'est un demi-dieu ; la plus évidente : il est jeune. Bien davantage que le plus jeune de tous les guerriers partis pour la guerre de Troie. Homère le dit souvent. Pour faire simple, on peut imaginer qu'il a moins de vingt ans. Qu'il est, somme toute, un adolescent. Il est adolescent quand il massacre Hector, adolescent quand il risque de se noyer dans le fleuve de sang dont il a teinté le Scamandre (on y reviendra !), et adolescent chaque fois qu'il ne sait pas gérer ses émotions, au point de rendre sa colère *funeste* pour lui et pour les autres. Adolescent au point d'être le seul à partir à la guerre accompagné de deux tuteurs légaux – dirait-on aujourd'hui –, deux précepteurs : Patrocle et Phénix.

Achille est un adolescent. Avec un père absent parce que répudié par sa femme, avec une mère et reine très occupée à s'occuper d'elle-même.

Je sais qu'il n'est sympathique qu'à moi, mais vue comme ça, sa vie fait déjà un autre effet, non ? Elle est déjà un peu attendrissante.

Qui aurait cru qu'Achille pouvait susciter ça ? Et Bobby Fischer ?

⋆

Bref, c'est un adolescent. Un « monstre », comme le sont souvent les adolescents. Et sa mère, Thétis, le sait. Elle aussi a planté là son mari, Pélée, et elle aussi, après des noces en terre étrangère, est retournée vivre là où elle est née, n'ayant plus rien à faire avec cet homme. Elle aussi s'inquiète pour son fils, exactement comme Regina. Même l'idée qu'elle se fait de l'autonomie féminine est typique d'une jeune femme des années soixante-dix.

Son fils est un drôle de type, pas besoin d'être une nymphe pour le comprendre. Au-delà du fait qu'il n'a pas de lèvres… Et puis il y a une chose que Thétis sait, et elle le sait parce qu'elle a fait un voyage. En Russie ? Non, à Delphes, pour voir l'oracle.

Elle sait qu'une terrible prophétie plane au-dessus de la tête de son fils : celui-ci mourra jeune durant la guerre de Troie, une guerre que son mariage avec Pélée a du reste déclenchée. C'est pendant ces noces qu'Iris, la déesse de la discorde, a jeté sur la table du banquet la pomme d'or destinée à « la plus belle », objet du jugement de Pâris, cause de l'enlèvement d'Hélène de Sparte, qui a marqué le début de la guerre…

Inutile de dire que pour Bobby, c'est pareil. Le jeu d'échecs, et la guerre que celui-ci le porte à mener, il les découvre à cause du mariage de sa mère en Russie…

Thétis sait qu'il n'y a qu'un seul moyen d'empêcher Achille de mourir : éviter qu'il aille à la guerre. Alors… elle lui fait un cadeau ; elle lui offre un jeu. Le même que celui auquel jouait Bobby : cache-cache. Elle le convainc d'y jouer sur l'île de Skyros. Où elle le travestit en jeune fille. Elle sait que les Grecs sont en train de s'organiser pour partir en guerre, ils passent d'île en île pour recruter des soldats, mais seulement des mâles. S'ils croient qu'Achille est une fille, c'est gagné ! Brillant.

Mais… comment vous le camouflez, vous, un gaillard comme le Péléide ? Comment le confondre avec les plus belles filles de l'île, les filles du roi Lycomède ? Ces filles portent le voile oriental, comme les odalisques, si bien que le problème des lèvres est résolu, mais le reste ? Comment il se fera passer pour une femme, Achille ?

Quoi qu'il en soit, l'astuce fonctionne à merveille.

Du moins jusqu'à ce que le monde s'éteigne en Achille, sauf les armes. Et qui l'éteint pour lui ? Ulysse, qui d'autre !

⋆

Ulysse, ce soupçon que parmi les jeunes filles il y en ait aussi une dénommée Achille, le plus fort des guerriers, il l'a depuis toujours. Lui, les ruses, il les conçoit, il est celui qui déteste et qui est détesté ; il connaît le langage de la duperie, il le parle. Et il sait le lire.

Lui aussi a essuyé des moqueries et tenté d'esquiver la guerre, mais s'il doit s'enfoncer dans l'abîme qu'est l'Iliade, il ne veut pas y tomber seul. Il veut y entraîner aussi son opposé : Achille. Et ce détail très subtil, entre autres, montre bien qu'Ulysse est Spassky. Bref, il se trouve que l'homme à l'ingéniosité protéiforme ne veut pas aller à la guerre. Et jusqu'à la fin, il tente de rester à Ithaque, de ne pas partir. De s'épargner l'Iliade. Et comment il s'y prend ? Il essaie de se faire passer pour fou. Lui aussi. Comme tout le monde dans cette histoire, j'aurais envie de dire. Tous, pour ne pas partir, font semblant d'être « différents » : d'être une femme ou un fou.

Mais comment ça, tous ? Même Boris ? Boris n'est pas du genre à faire ça ! Et pourtant, il le fait.

Il se trouve que la veille du départ pour le championnat du monde de 1972, Boris n'a pas très envie d'aller en Islande et de défier Fischer. Et ce n'est pas tant le fait de devoir défier Achille en combat singulier qui l'arrête. Il y est préparé. Mais Boris n'est pas Bobby, il a un angle de vue plus ouvert sur la question et il le sait très bien : ce qu'on lui demande de faire, c'est de jouer aux échecs, certes, mais surtout de jouer le rôle du pion brillant dans le plus grand des défis : la guerre froide. L'affrontement URSS-USA.

Voilà, faire le pion, ça ne l'enthousiasme pas, Boris. Se battre contre Achille passe encore, mais le faire en portant sur ses épaules tout le poids du Parti, c'est une autre affaire. Pour qui vous m'avez pris ? Je suis Ulysse, moi, pas Énée !

Alors pour tenter de ne pas y aller, ou peut-être pour dire à ses compatriotes de ne pas surcharger son dos, au risque de briser sa colonne vertébrale, il n'essaie pas de se faire passer pour fou, il s'en faudrait, l'élégance de Boris est légendaire, mais il déclare une chose qui pourrait vraiment laisser penser qu'il a un peu perdu la tête.

Et il le fait de sa propre initiative. En marge d'une conférence de presse, il s'approche d'un journaliste, se fait offrir une de ces cigarettes que les Russes fument et dégaine de but en blanc :

– Vous savez quoi ? Ça me serait presque égal si j'étais celui qui a cédé le titre de champion du monde à un joueur d'une autre nation.

Le journaliste le regarde, paralysé. Il sait que Boris se défoule, qu'il ne l'autorisera jamais à prendre des notes et à écrire une chose dans le genre. Alors Boris sourit. Il fait oui de la tête, bien sûr qu'il peut tout écrire. Et pour être certain qu'il le fera, il lâche une autre bombe :

– Je me rends compte que par certains côtés, ce serait une affaire très grave si un Russe devait perdre contre un Américain, mais les échecs sont toujours une affaire très grave. Pourquoi ça serait différent cette fois-ci ?

Voilà, quand l'interview sort… quand la direction du Parti lit cette déclaration non convenue entre eux, Boris ne passe pas exactement le meilleur quart d'heure de sa carrière. Pour tout dire, d'aucuns en Russie se demandent ce qui lui est passé par la tête quand il a dit ces choses et s'il n'est pas devenu fou, par hasard. Et s'il ne faudrait pas prendre des mesures. Eh oui, mais… des mesures… que faire ? Lui, c'est le champion du monde, ce n'est pas comme si on pouvait en trouver un autre plus fort pour le remplacer, hein ?

D'autre part, on le disait inconstant quand il était jeune homme. Voire un peu fragile psychologiquement. Et si cette tirade était une rechute ?

Mais l'alarme retombe vite. Boris s'est fait remonter les bretelles et le bruit court qu'il a dit ces choses pour faire croire à l'arrogant Bobby que le champion du monde n'était pas au mieux de sa forme.

De toute façon, presque personne n'a lu cette interview. On a fait disparaître en vitesse les exemplaires du journal qui l'a publiée.

Même Boris, le lendemain, doute déjà d'avoir vraiment prononcé ces phrases.

★

Ulysse. Lui non plus n'a pas du tout l'intention d'aller à la guerre. Et pour l'éviter, il feint vraiment d'être fou. Quand les Achéens arrivent à Ithaque pour l'embarquer, ils le trouvent en train de labourer la plage et la mer, semant du sel sur le rivage.

« Il est devenu fou ! hurlent-ils tous. Sans Ulysse, c'est fichu ! »

Seul Palamède, très astucieux parmi les Achéens, l'observe et ne dit rien. S'il regarde Ulysse, c'est de sa femme Pénélope qu'il s'approche. Il lui arrache des bras Télémaque, son fils et celui d'Ulysse, et le pose emmailloté devant la charrue de son père.

Si Ulysse est fou, il tranchera en deux son fils vivant. Si en revanche cette folie est une ruse, il s'arrêtera. Et le roi sera démasqué.

Ulysse s'arrête, bien entendu. Ulysse n'est pas fou. La raison pour laquelle il a agi de la sorte est aussi celle qui a poussé Spassky à tenir des propos choquants : par stratégie. Rien de plus.

Ainsi, Ulysse part. Comme Spassky. Tous deux ont tenté de l'éviter, tous deux ont été happés. En fin de compte, par le même tourbillon : une partie d'échecs.

Eh oui, car voici le plus beau. De Palamède, en dehors de cet épisode où il berne Ulysse, on ne sait rien. Sinon la chose la plus importante pour nous : il a inventé un jeu. À jouer à deux, l'un contre l'autre. Assis à une table. Un jeu où l'habileté, la stratégie et la capacité à prévoir les coups de l'adversaire sont fondamentales. Les Anciens l'appelaient *petteia*.

L'ancêtre des échecs.

« Tu comprends, papa ? » je lui dirais.

Et je crois qu'il comprendrait la raison pour laquelle Ulysse ne tranche pas en deux Télémaque vivant.

⋆

Ainsi, le destin fait parfois des volutes à spirales concentriques de plus en plus serrées ; berné par Palamède, embarqué avec la flotte des Achéens, Ulysse doit ensuite descendre à Skyros et chercher à son tour des héros à emmener à la guerre, c'est à lui de jouer les recruteurs.

On lui demande qui donc il s'attend à trouver sur une île remplie de femmes, mais lui, il ne donne pas d'explications. Qui pourrait les comprendre ?

Il débarque des bateaux légers comme Ulysse en débarque toujours quand il trame quelque chose : chargé de dons, riche en flatteries. Il porte dans ses bras des paniers de cadeaux pour les sublimes filles du roi ; draperies, vêtements, bijoux, parfums ; et enfouis sous ces trésors, bien cachés, une lance acérée et un bouclier.

Noble et beau, un vrai gentilhomme, Ulysse arrive au palais du roi et s'incline devant ses filles. Il leur demande de choisir ce qu'elles désirent le plus, ce qu'elles aiment le plus. Et de le considérer comme un hommage.

Et s'il y a celle qui prend une robe, celle qui choisit une tunique, celle qui orne ses poignets de bracelets, une seule – la plus robuste – saisit la lance, empoigne le bouclier, comme possédée par un démon, défait ses cheveux blonds, ôte le voile qui couvre sa bouche sans lèvres, d'un coup disperse l'escorte d'Ulysse, d'un geste se libère de ceux qui tentent de l'arrêter :

– Les voilà ! Voilà les cadeaux les plus beaux !

Elle brandit la lance et le bouclier. Elle arrache ses vêtements et reste nue. C'est un garçon. Au corps de statue. Armé. Féroce. Effrayant.

« Trouvé Achille ! » on pourrait dire. Mais on reste sans voix.

Le monde s'éteint autour de lui, tout devient sombre. Sa mère avait tenté de le protéger de tout ça. Et elle le place dans le seul endroit où Ulysse parvient finalement à le trouver.

⋆

Voilà comment Achille découvre les armes et l'échiquier de son destin : grâce à un malentendu sur un don, à l'issue d'une partie de cache-cache. Et voilà celui qui l'arme involontairement contre lui : Ulysse, l'homme lui-même trahi par les échecs et par leur premier inventeur.

Et voilà comment la personne qui voulait le protéger, sa mère, le jette tout droit dans la gueule du chaos.

Voilà comment le monde entier se referme sur un seul point et sur un seul destin : mourir en héros, se réincarner en Fischer et finir par arriver en Islande.

« C'est une belle histoire. »
« Et dis-toi qu'elle n'a pas encore commencé. »

Chapitre six

Il semble que l'invention des échecs
soit liée à une affaire sanglante.
Paolo Maurensig, *La Variante de Lüneburg*

Mardi 11 juillet 1972, palais des sports de Reykjavík.

Les Russes sont déjà là. Ils sont arrivés à sept heures, il y a une demi-heure. Ils ont vu l'aube, ou le crépuscule : en Islande, on ne comprend jamais ce que fait le soleil. Tapes sur l'épaule, blagues, quelques cigarettes. « Voilà le roi », ils disent en voyant arriver Boris, qui est serein. Il est très populaire, il signe des autographes, sourit. Il dit de ces choses loufoques dont il est coutumier : « Je suis joyeux quand je suis heureux et que tous mes amis le sont aussi. »

Il a les cheveux vaporeux. Il y aurait de la laque, là-dedans, que ça ne surprendrait personne. Il rend bien en photo, c'est un galant homme. Il aime plaire. C'est un séducteur, comme tous les machinateurs. La partie ne commencera que dans une heure et demie, mais par scrupule – il sait que c'est un scrupule – il lance, tout en s'allumant une cigarette :

– Bobby est déjà là ?

Petites grimaces, haussements d'épaules. Sait-on jamais où est Bobby ?

Bobby est à l'hôtel, sous la douche. Du moins d'après Harry Sneider, l'entraîneur olympique américain de football, qui est là pour assister à la finale. Peu auparavant, il a vu Bobby. Toujours dans la salle de sport. Toujours en train de faire des pompes. « Même mes gars, ils n'en font pas autant ! » il a pensé. Et il a cru bon d'apporter sa contribution virile à l'activité de Bobby. Il s'est approché et a hurlé :

– Allez, fiston, courage ! Prouve-moi que tu n'es pas un perdant : fais-en dix de plus !

Bobby, sous ses yeux écarquillés, en a fait vingt de plus, puis il s'est levé, a épongé son front et demandé :

– Pourquoi tu as dit cette chose horrible ?

– D'en faire dix de plus ?

– Que tu penses que je suis un perdant.

Silence. En effet, c'est exactement ce que signifie cette phrase, selon la grille de lecture de Bobby.

Le silence se prolonge. Enfin interrompu par Bobby :

– Tu sais quoi ? Maintenant je vais prendre une douche.

Il me semble, tout bien considéré, que Harry Sneider s'en est bien tiré...

Une demi-heure plus tard, il est huit heures : plus qu'une heure et on commence.

Spassky s'assoit devant l'échiquier. Il regarde le fauteuil en face de lui. Vide. En cuir noir, rembourré. Il secoue un peu la tête. Le voilà, le *fameux* fauteuil de Fischer.

Ce dernier a eu le temps de se changer. Il porte une veste bleu clair. Une chemise blanche. Un foulard rouge plié dépasse de sa poche. Maintenant, il prend son petit déjeuner à l'hôtel. Une éclaboussure de confiture tache sa chemise. De jaune. C'est de l'abricot. De la lame de son couteau, il enlève ce grumeau de fruits et de sucre.

– Un café ? demande le serveur qui passe par là.
– Une autre tasse de lait.
Et le temps continue à s'écouler.

Huit heures trente, une demi-heure avant le coup d'envoi.

L'arbitre de la rencontre, l'Allemand Lothar Schmid, commence à sentir la pression de l'entourage de Spassky. Mais il s'en rend compte lui-même : il y a quelque chose qui cloche dans cette affaire.

Histoire de prendre les devants, il explique au micro qu'à neuf heures, quoi qu'il arrive, il déclenchera le chronomètre, et ce sera le début de la rencontre. Ponctuel. Aucun retard. Le monde entier regarde, c'est une partie d'échecs, il faut partir à point.

Il y a certaines choses auxquelles les Allemands tiennent. Et puis Lothar le sait : cette partie à laquelle il donnera le départ à neuf heures pile sera la première d'un championnat du monde qui en comptera sans doute vingt-quatre. Vingt-quatre défis étalés sur deux mois ; chacun pourra durer jusqu'à huit heures, avec des pauses permettant uniquement aux joueurs de dormir et de se reposer (ou de se défoncer les abdominaux). Lothar le sait : c'est la bataille intellectuelle la plus exténuante qu'un être humain connaisse. C'est le championnat du monde d'échecs. Tout est prêt. Commençons, allez, c'est mieux pour tout le monde.

Sauf qu'à vingt-cinq minutes du début, Bobby Fischer n'est toujours pas là. Lothar regarde sa montre pour la énième fois : il reste à peine vingt-quatre minutes.

★

Avant le départ de Bobby pour l'Islande, il y a un mois, Lisa Lane, la championne américaine d'échecs, s'est pointée chez lui. Elle voulait lui parler. Voici comment il l'a accueillie :

– Va-t'en.

Il n'a jamais été très gentil avec qui que ce soit. Encore moins avec elle :

– Je pourrais te battre avec les noirs en te donnant une tour et un cavalier. Les yeux bandés, bien sûr.

Elle a pourtant réussi à entrer chez lui. Il s'est allongé sur le canapé, en veste et cravate, très élégant, avec carrément ses chaussures aux pieds. Comme si elle n'existait pas, il a placé un échiquier en équilibre sur son torse. Et il s'est mis à déplacer les pièces, d'abord les blancs, puis les noirs.

– Tu t'entraînes ?

– Haltérophilie, il a répondu. Avec la barre d'haltère, je suis arrivé à soixante-dix kilos.

– Et tu fais ça allongé ? Avec un échiquier sur le torse ?

Il a commencé à respirer profondément, très profondément. Puis il a tendu les bras vers le haut. Il a fait mine de saisir quelque chose en resserrant les doigts dessus. Il s'est mis à plier et déplier les bras en poussant des soupirs d'effort.

– Hé, a rigolé Lisa, mais où sont les poids ?

Il a continué à soulever ces soixante-dix kilos inexistants jusqu'à ce que les veines de son cou se gonflent et qu'il devienne écarlate.

Quand il a terminé sa série de mouvements, elle a parlé la première :

– Puisque c'est comme ça, pourquoi ne pas soulever cent kilos ?

– Parce que je n'y arriverais pas, c'est trop. Peut-être dans quelques semaines. En Islande, je veux être fort. Je veux que Spassky, quand je lui serrerai la main, il se rende tout de suite compte à quelle poigne il a affaire.

Plus que quinze minutes. Et Bobby est toujours absent. Comment tu lui serreras la main, Bobby, si tu ne te présentes pas ? Comme tu soulèves les haltères ? Seulement dans ton esprit ?

★

Au palais des sports, tout le monde est là à neuf heures moins quatorze. Vraiment tout le monde. Le gouvernement islandais au complet (y compris le président), l'ambassadeur russe, l'ambassadeur américain, tous les Russes – LES RUSSES ! – très élégants et parfaits, les Américains, dont les stars venues soutenir Bobby. Et les supporters islandais, en provenance de l'île tout entière ; ils n'avaient pas vécu un tel événement depuis Erik le Rouge. Et puis il y a beaucoup d'invités étrangers, certains soutiennent l'URSS, d'autres les USA. Il y a les danseuses du Bolchoï de Moscou et les *pom-pom girls* de Los Angeles, et surtout, il y a déjà Spassky, le champion du monde d'échecs. Le grand stratège, l'homme à l'ingéniosité protéiforme, Ulysse.

Beau d'une beauté solide et russe. Il est déjà assis au milieu d'une salle comble.

Les JT américains ne parlent que de Bobby, et non de la guerre du Vietnam, c'est dire. Oui, parce que la télévision des États-Unis diffuse le combat. En direct, déjà.

– Plus que dix minutes avant le début de la rencontre et Bobby Fischer ne s'est toujours pas montré ! dit le journaliste.

Les chiffres de l'audience américaine sont exceptionnels : pour voir cette partie d'échecs, les gens ne sont pas allés au travail, il y a foule devant les vitrines des magasins d'électroménager, à Times Square on diffuse le match en direct sur un écran géant. Il est neuf heures moins huit.

Tout est prêt. Une fois de plus, Bobby Fischer n'est pas là. En face de Spassky, il n'y a que son fauteuil spécial, expédié des États-Unis. Et il est *vide*.

Neuf heures moins une. Plus que trente secondes. Vingt.

Une autre chose me revient à l'esprit à propos de mon père. Une chose qui coud cette histoire à ma peau, et que ma mère lui disait toujours au sujet de sa mystérieuse ponctualité : « Tu es comme le comte de Monte-Cristo. Si tu dis que tu arriveras à midi, tu es totalement invisible jusqu'au douzième coup de cloche. Et puis juste au moment où le son s'atténue, tu sors de nulle part ! »

Cinq secondes. Trois. Deux.

Il est neuf heures... maintenant neuf heures et une seconde.

L'arbitre prend une grande respiration et appuie de l'index de sa main droite sur le bouton qui déclenche le chronomètre. La partie, dans le silence tendu du centre sportif, a commencé.

Spassky est une machine. Il se soulève un peu, fait glisser son fauteuil sous la table, se rassoit. Il ouvre. Il déplace une pièce. Il prend le pion de la dame et le fait avancer de deux cases. On peut aussi dire : pion en d4. Le championnat du monde d'échecs de 1972 a vraiment commencé.

Tout le monde panique. Parce que, bien sûr, Fischer n'est pas là. Et tout le monde est terrorisé. Sauf Spassky. Qui joue son coup et appuie sur le bouton. Il a arrêté son temps et démarré celui de son adversaire.

Si Fischer ne se présente pas d'ici une heure, il aura perdu la première partie. Rien n'est un drame, pour un fin stratège. C'est juste le début du drame, voilà tout.

Le monde entier suit à la télévision une partie d'échecs – ce qui est déjà absurde en soi – dont un des joueurs est absent. Le temps passe, et le monde s'arrête vraiment pour regarder une partie d'échecs inexistante. C'est le caractère fantastique de la réalité, ou bien c'est le destin, qui est une chose tout à fait étrange. Imprévisible, on aurait envie de dire. Même quand il est déjà écrit.

★

Pour finir, mon père faisait vraiment son apparition, à midi. Absolument ponctuel, comme il l'avait dit et comme le comte de Monte-Cristo. Et il m'emmenait faire de longues balades à vélo. Il choisissait les sentiers les plus absurdes, de ceux que vous ne tenteriez jamais de parcourir, même à pied. Avec des montées très abruptes dans lesquelles il s'engageait sans cesser de pédaler. Il détachait ses mains du guidon, se retournait, m'incitait à le suivre :

– Allez, après ça devient plat !

Et il disparaissait dans la végétation.

Je pédalais en danseuse et suais comme un bœuf. Je n'ai plus jamais vu personne monter une pente comme ça, de grâce ! Et quand le sentier revenait en effet à l'horizontale – il avait beaucoup de chance, mon père, ou peut-être qu'il continuait jusqu'à ce qu'il débouche sur une surface plane, qui sait comment il faisait… –, il jetait son vélo sur la prairie, s'asseyait dans l'herbe et regardait le lac, les montagnes ou toute autre chose digne d'admiration (Dieu seul sait quoi). J'arrivais plus tard, souvent griffé par les ronces ou écorché çà et là ; je le rattrapais de peur de le perdre, pas du tout pour le panorama.

Pendant une de ces balades, on est arrivés à un point de vue d'où on distinguait assez clairement sept petits lacs. On les a comptés ensemble, recomptés. Et puis il m'a demandé, allez savoir pourquoi :

– Dis-moi, Alessandro, qu'est-ce que tu veux faire quand tu seras grand ?

Et moi, à cet homme qui était mon père, si cultivé – c'est seulement aujourd'hui que je m'en rends compte –, si peu conventionnel, si bizarre et pourtant si sérieux, j'ai répondu la seule chose que je rêvais vraiment de devenir :

– Lutteur libre, papa. Tu sais, ces hommes colossaux avec des muscles colossaux qui se frappent, habillés seulement de pectoraux sculptés et de caleçons rembourrés ? Voilà, moi, quand je serai grand, je veux devenir comme ça !

Je crois qu'il a souri. Ou ri, peut-être. Ni l'un ni l'autre ne savions qu'il ne me verrait jamais grandir, qu'il mourrait d'une tumeur au cerveau six ou sept ans plus tard, à l'âge que j'ai aujourd'hui, alors que j'écris cette histoire comme s'il s'agissait d'un dialogue laissé en suspens. On ignorait tout de l'avenir. Qui sur Terre en sait quelque chose ?

– Et toi, papa, j'ai alors demandé, qu'est-ce que tu veux faire quand tu seras grand ?

Il n'a pas cillé, ni corrigé le tir, ne m'a pas dit, par exemple, que tout compte fait il était *déjà* grand. Il a juste dit :

– Un homme honnête et un bon père.

J'ai pensé que ce n'était même pas une réponse. Pour moi, il était déjà ces deux choses. Et j'avais raison. Du coup j'ai sauté sur lui, pas pour jouer : pour le serrer dans mes bras. Il a peut-être mal compris et interprété ce geste comme la conséquence de ma réponse, pas de la sienne. Alors – une autre chose que je n'oublierai jamais – on a lutté. Vraiment. Il a pris cette étreinte pour un assaut et, comme il était authentique, même dans sa façon de jouer, il m'a tout de suite plaqué à terre sur le dos, si brusquement que ça m'a coupé le souffle. C'est pour ça que je n'ai pas réussi à lui dire :

– Mais papa – je voulais te serrer dans mes bras !

C'est la seule fois de ma vie où j'ai été lutteur. Je ne compte qu'un seul match dans ma carrière : cette défaite.

– Tu te rattraperas, lutteur de mon cœur. Même contre moi. C'est juste une question de quelques années. Et puis tu deviendras beaucoup, beaucoup plus fort que ton papa !

Qui sur Terre sait quoi que ce soit de l'avenir ?

★

Bobby et Achille. En voilà deux qui connaissent leur avenir sur le bout des doigts, au point de lui donner le nom de destin : mourir jeune, en tant que lutteur.

Achille le sait parce que l'oracle de Delphes l'a dit à sa mère :

– Ton fils mourra jeune, pendant la guerre de Troie.

Bobby l'a appris d'un oracle, lui aussi. À la radio, le média qui diffusait la voix de la Diva. C'est ce prédicateur bonimenteur radiophonique, Herbert Armstrong, qui le lui a dit clair et net. Le colporteur de foi inspiré, mi-prophète, mi-marabout, patriarche de la Worldwide Church of God, hurleur possédé qui, en 1972, prêche la fin du monde à grands moulinets de bras.

Bobby adhère à la secte, paie ses cotisations, verse de l'argent pour soutenir cette folie. Mais – la question est plus que légitime – y croit-il vraiment ? Je veux dire, croit-il vraiment à la fin du monde qui suivra sa guerre de Troie personnelle, le championnat du monde d'échecs de 1972 en Islande ? Il a plus de 180 de QI[1], c'est un génie, comment peut-il croire ce genre de choses ?

Mais la question qu'il faut se poser ici est peut-être différente, à savoir : et Achille ? Il y croyait, Achille, à la prophétie de l'oracle de Delphes ? Non, bien sûr, Achille n'y croyait pas : il en était conscient. Ce n'était pas une question de foi, c'était une question pratique. Je mourrai à la guerre, et salut la compagnie.

Pourquoi ça devrait être différent pour Bobby ?

Et puis, connaître la date de notre mort, ça ne nous rend pas immortels entre-temps ? Et ça, ce n'est pas une condition de supériorité ravageuse pour un lutteur ? Si mon père avait su qu'il allait mourir d'un cancer à quarante-deux ans, ne se serait-il pas lancé dans la descente sans tenir le guidon, parce que « de toute façon ça ne peut pas m'arriver *maintenant* » ?

Bref, Bobby n'y croit pas : il en est conscient. Autrement dit, il le sait, un point c'est tout. Et ça l'arrange que les autres le sachent aussi. C'est une histoire qui le rend invulnérable. Et puis ça l'arrange aussi de s'en tenir à certains préceptes pseudo-religieux : pas de femmes, pas d'alcool et, surtout, repos absolu le samedi. Ce qui rend fous tous les organisateurs de tournois d'échecs de la planète, car Bobby ne joue pas le samedi. Jamais. Si la partie a lieu un samedi, il ne s'y présente pas. Il perd par forfait. Et d'habitude, quand est-ce qu'ils ont lieu, les tournois ? Le samedi, bien sûr. Et vous, l'organisateur d'un événement qui tourne autour du pouvoir d'attraction magnétique de Bobby Fischer – le seul au monde pour lequel le public soit disposé à faire la queue et à acheter un billet –, vous pouvez vous permettre de ne

1. Il s'est soumis au test à la Erasmus Hall High School.

pas l'avoir au programme ? Alors vous faites des pieds et des mains pour organiser les parties d'autres jours que le samedi.

« Ah oui, c'est vrai qu'il est juif, comme sa mère, on aurait envie de dire, il respecte le repos du shabbat ! »

Rien à voir. Bobby déteste les Juifs. Il dira des choses insultantes et violentes contre eux, des choses d'une ignorance crasse, que ne devrait même pas murmurer, je ne dis pas un génie, mais un crétin. Des choses qui constituent un délit. Et Bobby les dira toute sa vie.

Quand l'*Encyclopédie hébraïque* lui consacre une page, il exige sa suppression. « Je ne suis pas juif aujourd'hui, et je ne l'ai jamais été ; de fait, je ne suis même pas circoncis. » Il les accuse de faire de la « gymnastique publicitaire en exploitant le prestige de son nom », je cite, et les exhorte à « tenter de promouvoir cette religion pour ses propres mérites, pour autant qu'elle en ait ». Après ces propos cinglants, même sa mère lui demande : « Bobby, comment fais-tu pour être convaincu d'être aussi pur ? » Par télégramme, car ils ne se sont pas vus depuis déjà vingt ans.

Non, le judaïsme n'a rien à voir là-dedans : Bobby ne joue pas le samedi parce que son gourou spirituel lui a dit à la radio qu'il ne fallait pas jouer le samedi. Point barre.

⋆

Alors, Bobby, pourquoi tu n'es pas là ? On n'est pas samedi, aujourd'hui, mais mardi : mardi 11 juillet 1972 ! Les organisateurs ont choisi un mardi pour le lancement du championnat, rien que pour toi… il est neuf heures dix, tu es où ? Viens serrer la main de Boris, viens faire ce que ton destin préétabli te dicte !

Silence de mort dans le palais des sports. Spassky a joué. C'est maintenant au tour de ce fou de Bobby. Il y a un silence éternel. Et dire qu'un millier de spectateurs attendent. Il y a un silence éternel. Suffocant.

Soudain rompu par un bruissement : celui du rideau vieux rose, qui sépare la salle de la zone de repos, des loges, des vestiaires. C'est le gouffre d'où surgit Fischer. D'une main, il salue le public, il rentre sa chemise dans son pantalon.

– J'étais coincé dans les embouteillages, il dit.

En Islande. En 1972. Il doit y avoir deux cents voitures sur toute l'île. Et l'hôtel est tout près du palais des sports. S'il y avait eu même un seul cycliste au milieu de la route, la CIA l'aurait pulvérisé au lance-flammes pour te laisser passer, Bobby ! Mais c'est quoi, cette excuse ?

Spassky se soulève de son fauteuil. C'est là que ça se produit. Il lui tend la main. Et Bobby la prend. Celle, énorme, de Fischer et celle manucurée de Spassky se serrent. Qui sait s'il a senti la pression. Boris reste imperturbable. Mais on pourrait jurer qu'il n'en changerait même pas si on la lui coupait, la main. Ils finissent par s'asseoir, l'un en face de l'autre.

Rien que ça, ça paraît un miracle pour tout le monde.

★

Bobby pose son bras gauche parallèlement à l'échiquier. Il appuie son coude droit sur la table, ouvre sa main, énorme, la met sur sa joue. Il glisse son oreille entre son pouce et son index. Il laisse tomber sa tête sur la paume de sa main.

Bobby, que d'histoires, tu savais depuis toujours que Boris ouvrirait comme ça, avec le pion en d4 : tu connais par cœur toutes ses ouvertures. Allez, vas-y, bouge ta pièce.

Un commentateur en mondovision dit :

– Nous avons vraiment de la chance d'être en vie pour pouvoir assister au défi entre Bobby Fischer et Boris Spassky.

C'est vrai, mais il ne s'est encore rien passé !

Bobby se balance un peu sur son fauteuil, pose l'index de sa main gauche sur ses incisives, tend sa main droite. Il joue.

Cavalier en f6. Le cavalier. Comme premier coup contre Ulysse, Achille choisit une pièce représentant un cheval. Il faudra en tenir compte dans cette histoire. Il ne faudra pas l'oublier, le premier coup de Bobby : cavalier en f6.

Et tandis que Spassky ne quitte même pas l'échiquier des yeux, Bobby se détourne, se lève et s'éloigne. Il rejoint l'arbitre. Il se penche vers l'oreille de Lothar et lui murmure une de ces choses que seul Bobby Fischer est capable de dire dans ce genre de situation. Il dit :

– Excusez-moi, c'est quoi cette merde sur laquelle vous nous faites jouer ?

– C'est un échiquier, monsieur Fischer. L'échiquier du championnat du monde d'échecs.

– Avec des cases de 57 millimètres. Je ne joue que sur des échiquiers à cases de 54 millimètres.

Lothar déglutit. Il plisse les yeux. C'est un homme patient. Très patient. Et d'une grande intelligence. Mais il est avant tout l'arbitre de la rencontre.

– C'est l'échiquier officiel, monsieur Fischer. Et celui sur lequel se jouent tous les championnats du monde. Et celui-ci ne fera pas exception.

– OK.

Bobby hoche la tête, se mord la lèvre :

– D'accord, j'ai compris.

Incroyable mais vrai. Ce qui est incroyable, ce n'est pas qu'il comprenne, il ne manquerait plus que ça, mais qu'il accepte de jouer sur ces cases de 57 millimètres.

Il accepte. Sauf qu'il a une autre remarque à faire à Lothar :

– C'est bon, jouons sur cette saloperie. Mais ce n'est pas ça le vrai problème. Les caméras. Elles me dérangent.

D'un geste décidé, il les montre de l'index.

– Et en quoi elles vous dérangent ?

– Elles m'observent. Soit vous les faites enlever, soit je m'en vais.

Il existe une photo du regard de Fischer au moment où il dit ça. C'est un coup de couteau. Ça fait saigner d'être toisé par deux lames comme ça. Et surtout, dans ces yeux, il n'y a rien de bon.

★

Spassky ne sait rien de tout ça. Il n'a pas bougé, Bobby et Lothar sont plus loin. Il fait ce qu'il doit faire : il joue. Encore un pion. Il occupe le centre de l'échiquier. C'est ce qu'il doit faire, dominer le jeu.

Le champion du monde d'échecs a joué un coup de champion du monde contre un enfant capricieux qui pleurniche auprès de l'arbitre parce qu'il se sent observé par les caméras. Et l'arbitre n'a aucune idée de la façon de résoudre ce problème.

Si Bobby avait insisté sur cette histoire des 3 millimètres en trop, connaissant sa manie des cases de 54 millimètres, ils auraient remplacé l'échiquier afin de satisfaire ses obsessions, ils en avaient un de rechange carrément agréé par les Russes. Mais la requête concernant les caméras est un peu plus complexe.

C'est un événement en mondovision, même l'arbitre ne peut pas les faire enlever. Et puis on est en pleine guerre froide, impossible de mettre un Russe et un Américain ensemble sans que la CIA et le KGB prétendent voir – exactement – tout ce qui se passe. Et il est inimaginable qu'ils n'en veuillent pas l'enregistrement (entre autres pour le trafiquer au besoin).

Et puis le monde entier est connecté à ce palais des sports. Et il y a les sponsors qui paient et tiennent à leur visibilité !

Tandis que l'arbitre ne sait vraiment pas où donner de la tête et sent de nouveau que le risque d'annulation du match est concret, Bobby lui tapote l'épaule.

– Allez, réfléchissez-y. On verra ça demain.

Il lui sourit et s'en va. Il retourne à l'échiquier. Il s'assoit et joue. Il joue !

Et il continue, coup après coup, sans se balancer, sans se lever, sans quitter des yeux l'échiquier. Il joue contre Spassky une partie parfaite. Coup et contre-coup, attaque et défense, c'est de la magie qui sort des doigts de Fischer, c'est de la magie que Spassky dessine sur l'échiquier. Ce sont deux magiciens. Deux dieux. Achille et Ulysse qui s'affrontent. Ce qu'ils font est de l'art.

Et c'est vrai que c'est une chance d'être en vie pour assister à ce qu'ils sont en train de faire. Et il faut remercier le Seigneur que ce soit précisément eux deux, Boris et Bobby, Ulysse et Achille, qui jouent cette finale, car eux seuls pourraient redonner vie au mythe !

C'est une pure merveille. À un détail près : les échecs sont une merveille qui prévoit l'extase d'un grand triomphe. Et donc aussi la ruine d'une défaite.

Chapitre sept

Fischer veut entrer dans l'histoire.
Et il veut le faire d'une seule manière : tout seul.
Miguel Najdorf[1]

Pour vivre l'extase artistique de cette première rencontre, Spassky et Fischer sont arrivés à la finale mondiale de Reykjavík de façon fort différente. Et opposée, comme toujours.

Boris est arrivé – métaphoriquement – en carrosse. Son parcours a été très direct et linéaire : il joue cette finale parce qu'il en a le droit. Fin de l'histoire. Il doit défendre le titre mondial conquis en 1969, quand il est devenu Boris Dix, le roi : le dixième champion du monde de l'histoire des échecs.

Impressionnante, cette finale mondiale qu'il a remportée. Il l'a disputée à Moscou contre un autre Soviétique dont le seul nom donne l'impression de lécher du papier de verre : Tigran Vartanovitch Petrossian. Un type qui était non seulement champion du monde en titre depuis 1963, mais qui, lors de la finale précédente, celle de 1966, avait aussi battu Spassky en personne.

Si Boris est là en tant que roi pour défendre son trône, son titre et son royaume, Bobby, pour sa part, est là parce

1. Grand maître d'échecs argentin d'origine polonaise.

qu'il a traversé une épreuve comparable à la torture et la séquestration, à savoir le tournoi des candidats : un truc qui dure dix-huit mois et oppose les huit meilleurs joueurs d'échecs de la planète au cours de défis très longs, où il faut remporter six parties. Le système est celui de l'élimination directe : celui qui gagne franchit l'étape, celui qui perd rentre chez lui. Au final, pour le vainqueur du tournoi des candidats, pas de vacances aux Maldives mais… une valise pour l'Islande et un défi contre le champion du monde.

Comme pour dire : « Bravo, tu les as tous battus ? Sache que jusque-là, c'était une plaisanterie, maintenant, ramasse tous les morceaux encore intacts de toi-même et va affronter le plus fort en Islande. »

C'est pour ça que si Boris arrive en carrosse au premier acte de ce chef-d'œuvre, Bobby prend un tout autre chemin. Sauf qu'il le parcourt en tank.

★

Au premier tour du tournoi des candidats, il défie Mark Ievguenievitch Taïmanov ; musicien, compositeur, philosophe, champion olympique d'échecs en 1956, joueur légendaire, de renom international, le seul grand maître échiquéen de l'histoire à figurer aussi dans la liste des plus grands pianistes du XXe siècle. Si jamais il vous arrive de passer une journée horrible : canapé, couverture, thé chaud et CD de Taïmanov… vous ressusciterez !

Et c'est lui qui le défie, Bobby Fischer. Niveau d'études : CE1. Il est toujours celui qui a appris à jouer aux échecs en autodidacte, en lisant les instructions sur une notice. Et en prenant des cours particuliers chez Dieu.

Comment se déroule le match ? On ne prend même pas les paris pour une rencontre comme ça, quoi ! Alors que : 6-0 pour Bobby. À ce niveau-là, l'emporter 6-0, c'est pratiquement impossible. Vous avez beau être excellent, vous jouez quand même contre un phénomène ; au moins une partie, c'est lui qui va la gagner, non ? Ou bien, même si ça se passe très mal pour lui, il y aura une partie nulle, c'est sûr ! C'est un génie, celui contre qui vous jouez, vous ne pouvez pas lui être si supérieur que ça ! C'est comme la finale du 100 mètres : le gagnant fait 9'50, le perdant 9'60, l'écart, à ce niveau-là, est d'un dixième de seconde ; personne ne parcourt cent mètres en 6 secondes, même pas Usain Bolt à vélo !

6-0 pour Bobby !

Du jamais vu. De retour en Russie, Taïmanov est arrêté. Lui, un joueur d'échecs légendaire, un musicien prestigieux : arrêté. Pour le parti communiste, qu'un joueur russe perde six à zéro contre un joueur américain, ce n'est pas envisageable. Il sera libéré, bien sûr, mais seulement en 1973.

★

Au tour suivant, Bobby affronte le Danois Bent Larsen, peut-être le seul homme au monde plus antipathique et plus arrogant que Bobby Fischer.

Bent a un diplôme d'ingénieur, c'est – évidemment – un grand maître d'échecs international, il a un style de jeu imaginatif, très raffiné, depuis des années c'est le plus fort des joueurs européens.

En quelques occasions, il a même pilé Fischer. Il a été le capitaine de l'équipe du « reste du monde » dans le match absurde « URSS – Reste du monde ». Dans son équipe, il y avait aussi Bobby, qui avait reconnu sa supériorité et accepté d'être son second en lui laissant les galons de capitaine. (Ce match, en tout cas, c'est les Russes qui l'avaient remporté.) Alors voilà, lors du tournoi des candidats, Fischer inflige aussi à Larsen un score de six à zéro.

Plusieurs personnes voient ce dernier pleurer à la fin du match, caché derrière un rideau.

– Bobby, Bent est là-bas. Il pleure… si tu voulais aller lui dire quelque chose…

– Il pleure ? Il doit être ému, il a compris que j'étais quelqu'un de généreux : que pour ne pas l'humilier, je l'ai laissé jouer un peu…

Jouer un peu ? Ça s'est soldé par un 6-0 !

★

L'étape suivante est la finale. Et qui trouve-t-on, en finale du tournoi des candidats de 1972 ?

Sa rugosité Tigran Petrossian, bien sûr.

Petrossian est une légende. Il a remporté quinze fois les olympiades des échecs : sur cent vingt-neuf parties olympiques, il en a perdu une. Une seule. Sa seizième finale d'affilée, celle de 1978, jouée en équipe. Autrement dit, ce type a participé à seize olympiades et son tableau de médailles se lit comme suit : quinze médailles d'or et une d'argent. Et puis il a été deux fois champion du monde. Il est considéré comme le joueur le plus difficile à battre, fort probablement, dans toute l'histoire de la discipline, parce que c'est quelqu'un qui vous met un échec et mat et ensuite vous massacre à coups de parties nulles en vous épuisant. Et les rencontres, avec lui, si elles ne durent pas au moins six heures, elles battent un record de rapidité. Il utilise une défense impénétrable qui, aujourd'hui encore, est de l'académisme pur : la variante Petrossian, aride, peu spectaculaire, rugueuse ; imbattable.

Comment ça se termine ? Six et demi contre deux et demi. Pour Fischer.

Bobby clôture le tournoi des candidats avec un score global de dix-huit et demi à deux et demi, ce qui signifie : lancez les meilleurs joueurs d'échecs du monde contre cet homme, il les mettra en pièces[1].

Un journaliste lui demande :

– Maintenant, vous allez devoir affronter Spassky. Mais pourquoi vous devriez le craindre, puisque vous avez battu Petrossian ?

– Parce que lui, il a quelque chose en plus. Il a quelque chose en plus même par rapport à Petrossian.

Le fait d'être Ulysse, bien sûr.

★

Et maintenant Ulysse l'a devant lui, Achille.

Et avec lui, coup après coup, il invente une langue que seules cinq ou six personnes au monde, peut-être, comprennent pleinement ; la langue chiffrée des dieux des échecs, élevée au rang du mythe. La mélodie issue de leur lutte harmonique est très douce. Comme le chant des baleines. Le parfum du printemps. L'aurore boréale. Personne ne sait comment ça se produit ; ce sont des choses que personne ne comprend vraiment, mais dont tous peuvent s'émerveiller. Et le monde est stupéfait. Ce à quoi il assiste est une forme d'art et de beauté. Le sublime. Un volcan en éruption. Le rouge qui teinte le ciel. La mer qui paraît de verre. Il en émerge une beauté

1. Les records de Bobby enregistrés lors du tournoi des candidats de 1972 sont encore invaincus aujourd'hui et ses scores n'ont jamais été approchés par personne, même de loin.

comme ça : des codes de géométries esthétiques. Pendant vingt-huit coups.

C'est comme regarder Van Gogh et Picasso peindre une toile à quatre mains.

C'est d'une beauté exténuante. Comment ça peut être une guerre, ça ? Comment ça peut être aussi beau, de se battre ? Tout est superlatif. Jusqu'au vingt-neuvième coup.

Pendant ces vingt-huit coups et contre-coups, le niveau de beauté artistique auquel on assiste est total. Pour le monde, ce ballet ne saurait être plus parfait. Mais pour eux, ça représente un problème : leur jeu a beau être magnifique, ils vont vers la partie nulle. Ça se comprend. Je veux dire, eux deux, ils le comprennent. Ce sera une partie nulle, et ils remporteront un demi-point chacun. Vu la disposition des pièces sur l'échiquier, aucun d'eux ne pourra mettre l'autre échec et mat. En effet, la véritable beauté réside dans l'équilibre absolu. Dans la parfaite stase et extase artistique.

Tous deux sont restés avec un fou et quelques pions. Ils ont échangé toutes leurs pièces dans un admirable ballet de prises, mais en nombre identique. D'une merveilleuse symétrie. La férocité d'Achille est égale à la ruse d'Ulysse. Ex aequo.

Il faudrait un coup de génie absolu pour gagner. Quelque chose d'extrême, d'impossible, d'inhumain, de supérieur même aux dieux des échecs. Une chose que, tout compte fait, seul Bobby Fischer pourrait accomplir. Seul l'enfant qui, de sept à vingt-neuf ans, n'a fait que jouer sans cesse aux échecs, atteignant la perfection lors du tournoi des candidats, peut risquer une chose en mesure de défaire la mosaïque. Parce qu'on le sait, Bobby peut tout faire. Et en effet, au vingt-neuvième coup, Bobby fait quelque chose d'indescriptible. D'incompréhensible.

D'impossible. D'anéantissant, même pour Spassky. Il dépasse le seuil infranchissable de la perfection.

Il se trompe.

Il commet une erreur. Il fait une chose que personne ne ferait, sauf peut-être un amateur. Il capture un pion en laissant piéger la seule pièce à marche longue qui lui reste : le fou. Bobby mange un pion. Un pion. La plus petite et la plus stupide des pièces. Inoffensive. Et c'est grave ? C'est une énorme erreur.

À vrai dire, ce n'est même pas une erreur ; je veux dire, une erreur, ce serait déjà quelque chose. C'est un blasphème échiquéen. Ce n'est pas un coup, c'est un outrage à l'intelligence. Une erreur de débutant. « Bobby a joué un coup, écrivent les journaux le lendemain, indigne même d'un enfant qui n'a jamais joué aux échecs. »

Il fait une erreur si gigantesque que Spassky est d'abord consterné. Pour la première fois, il lève la tête de l'échiquier. Il craint que ce soit un piège. Il suppose que c'est une stratégie. « Peut-être que cet homme a quelque chose en tête que même moi, je ne peux pas comprendre. » Cet homme qui soulève des poids invisibles, il a peut-être vu une combinaison qui n'existe que dans l'esprit de Dieu ? Il est hésitant, Spassky. Après cette erreur, il a l'impression qu'il pourrait battre Fischer comme il tuerait un moustique, avec la facilité d'un bout de doigt. En employant la force de rien du tout. C'est pourquoi il suppose qu'il y a quelque chose derrière.

Même Fischer n'en croit pas ses yeux. *Qu'est-ce qu'il a fait, putain.* Il se liquéfie. Comme Achille, il pleure, il se désespère. Il porte ses deux mains à son front. Il se couvre les yeux. Le rictus qui déforme son visage est irregardable. Voilà, maintenant ça se voit, ça se remarque : il n'a pas de lèvres. Il n'a que des dents. Qui se heurtent. Elles claquent. Il couvre son visage de ses mains énormes.

La nouvelle fait aussitôt le tour du monde. « Fischer a marché dans une merde ! »

Spassky reprend le contrôle. Non, Fischer ne sait pas faire semblant. Il ne sait pas mentir. Il ne sait même pas cacher sa propre arrogance. Il a fait une erreur. Spassky joue. Un peu plus tard, il gagne. Un à zéro pour la Russie ! Il se lève, lui tend la main.

– *Do zavtra*, il dit.

Une série de consonnes qui en russe signifient: « À demain. »

Et puis cette main serre la sienne. Et maintenant, tu la sens, Bobby, la poigne dans laquelle tu t'es fourré ?

Chapitre huit

Rien, sinon une bataille perdue,
n'est aussi mélancolique qu'une bataille gagnée.
Le duc de Wellington

Si, lors de la finale mondiale d'échecs, vous vous présentez comme challenger un peu arrogant et que, dès la première partie, vous perdez un à zéro de cette façon-là – en commettant une erreur débile –, en réalité ça veut dire que vous perdez déjà deux à zéro.

Non parce que votre ego en a pris un coup, ni à cause de cette humiliation planétaire, mais parce que le règlement le dit.

Spassky est le champion du monde en titre, et il mène un à zéro, bien sûr, mais pour qu'il conserve ce titre à la fin des vingt-quatre parties, à raison d'un demi-point par partie nulle et d'un point par mat, il lui suffit d'obtenir l'égalité ; le challenger, aux échecs, est désavantagé avant même de commencer, car s'il fait match nul, il perd. Et vu la façon dont le challenger a commencé, eh bien il est beaucoup plus désavantagé que le résultat ne le dit. Spassky, après les cinquante-six coups de la première partie, a une avance gigantesque. Bobby devra maintenant gagner deux parties pour prendre la tête.

première rencontre. Jamais. Et Fischer n'a jamais gagné aucune des parties précédentes contre Spassky.

Si ses chances ne sont pas compromises, disons que les choses se présentent très mal pour lui.

Alors que fera-t-il pendant la deuxième partie ? Que peut-il faire ? Qu'inventera-t-il ? Du reste, Bobby commencera cette fois avec les blancs ; à leur niveau, c'est décisif, parce que jouer avec les blancs – ce que les joueurs font à tour de rôle –, ça donne un avantage : ça permet de choisir l'ouverture, de mener la danse. Et puis Bobby aime jouer avec les blancs. Bref, la deuxième partie est importante, elle doit se solder par une revanche pour Fischer. Et de fait, comment agit-il ?

La veille, il envoie un billet. Toujours à l'arbitre : Lothar Schmid.

Avez-vous trouvé une solution ? Ma requête est la même : enlevez les caméras, sinon je ne joue pas. Elles me regardent et leur bourdonnement me déconcentre.

« Voyons, Bobby, essaie d'être sérieux : tu écoutes quatre radios en même temps, tout en jouant aux échecs, comment tu peux prétendre que le bourdonnement d'une caméra te déconcentre ? Même s'il s'agit d'une caméra islandaise de 1972, le directeur des prises est Chester Fox, par Jupiter : M. Fox ! Les Russes ont avalé huit crapauds avec de la vodka pour digérer ça. Et puis, si tu veux tout savoir, on ne peut pas éteindre les caméras sur cette affaire entre Spassky et toi, parce que vous êtes un Russe et un Américain disputant le championnat du monde d'échecs en pleine guerre froide ! Ce truc est un défi politique, ne fais pas semblant de l'ignorer ! »

Parmi toutes les personnes présentes en Islande, pas une n'est en mesure de faire ce genre de remarque à Bobby Fischer.

Car il y a les Russes, qui sont nombreux mais n'ont pas la moindre intention de parler avec Bobby, un fou azimuté qui a fait de la charpie de tous les grands maîtres soviétiques lors du tournoi des candidats et mettrait fin, s'il gagnait, à la suprématie historique de l'URSS sur l'univers échiquéen. Les Russes ne donnent pas de conseils à Bobby, encore moins au nom du bon sens.

Et les Américains ? Bobby est seul là-bas. Certes, il y a le père Lombardy, mais ça fait déjà rire qu'il y ait un prêtre avec Fischer, et Lombardy n'a pas le charisme nécessaire pour une intervention de ce type. C'est un écuyer. Trouvez-en un, qui soit capable de taper sur l'épaule d'Achille et de lui dire « Enfin, mon garçon, raisonne un peu… » sans risquer de servir de pâture aux corbeaux.

Et donc quand Bobby, comme un disque rayé, se fixe sur la question des caméras, « enlevez-les ou je ne joue pas », l'arbitre fait la seule chose qu'il puisse faire : il lui dit non. Et pour ce faire, il se prévaut de la seule chose à laquelle tous les joueurs doivent se soumettre : le règlement.

– Bobby, vous devez jouer et la partie doit commencer à l'heure. La règle numéro cinq stipule que si un joueur ne se présente pas dans l'heure qui suit le début de la partie, il perd par forfait. La partie commence à neuf heures. Vous avez jusqu'à dix heures pour jouer. Si vous ne vous présentez pas à temps, vous aurez perdu.

Une éventualité trop folle même pour ce fou de Bobby Fischer.

★

Mercredi 12 juillet 1972. Il est presque neuf heures ; le ciel tout rouge semble en feu. À part ça, le panorama est le même qu'hier. Des fans se pressent partout, des journalistes, des Russes et des Américains.

Dans la salle, Spassky est déjà assis à sa place depuis une heure, du côté des noirs ; Fischer… n'est pas là.

L'arbitre a d'autres soucis, comme si ceux causés par Bobby ne suffisaient pas. En Allemagne, son fils est tombé de vélo et s'est fait très mal. Lothar a reçu des appels rassurants de sa femme : « Tout va bien, mon chéri. Juste une grosse frayeur. » Mais il ne pourra parler à son fils que le soir. Belle façon de tranquilliser un père ! Qui doit arbitrer d'ici une demi-heure ce petit truc qu'est le match Spassky-Fischer.

À neuf heures moins cinq, autre coup de fil.

– Monsieur Schmid, c'est encore pour vous. De l'hôtel Loftleidir.

C'est Bobby Fischer.

– Les caméras ?

– Elles sont toujours là.

Lothar, cependant, n'a pas sous-estimé les exigences de Bobby, il y a en quelque sorte pensé. Il est clair qu'il ne pouvait pas les escamoter, mais il les a fait envelopper dans de la toile de jute pour assourdir tout bourdonnement éventuel. En dessous, les cameramen de Fox transpireront comme dans un hammam. Alors qu'il s'apprête à s'expliquer, il s'aperçoit qu'il parle dans le vide. Bobby a déjà raccroché.

À neuf heures pile, la rue menant de l'hôtel au palais des sports est fermée à la circulation et débarrassée des piétons. Une voiture de la police islandaise au moteur et au gyrophare allumés stationne devant l'hôtel, prête à emmener Bobby au centre sportif à tout moment et en quelques instants. Tous les feux de circulation sont bloqués sur le vert par le centre de contrôle.

Rien ne bouge, jusqu'à ce que quelqu'un franchisse la porte de l'hôtel. Un serveur qui a terminé son travail. Rien de plus légitime : il est neuf heures pour lui aussi. Il est neuf heures pour tout le monde.

À neuf heures une, Lothar marche à grandes enjambées glacées entre sa table d'arbitre et l'échiquier. Boris ne le regarde même pas. Schmid, en l'absence de Fischer, doit actionner la montre, le chronomètre de Bobby. Il le fait de la main gauche.

★

Une heure plus tard, Spassky mène deux à zéro.

Chapitre neuf

– Et vous êtes fort aussi aux dames ?
– Oh non ! Je ne connais même pas les règles.
Entretien de Dick Cavett avec Bobby Fischer

Une phrase dite par Bobby Fischer me ravit le cœur à tous les coups. Il l'adresse à Dick Cavett, qui l'a invité dans son show et qui est non seulement animateur de télévision, mais aussi écrivain et comique. Un type très doué, à mon avis.

Bobby est littéralement magnifique. Immense. Dans ces fauteuils en mousse et acier des années soixante-dix, quelqu'un d'aussi grand ne peut pas s'asseoir sans déborder du cadre : il doit s'allonger. De fait, Bobby est avachi. Pourtant, il se tient très bien. Il porte un costume bleu, une chemise blanche, une cravate fine. Son nez géant au milieu de son visage lui donne belle allure, paradoxe des êtres qui doivent leur grande beauté à leur charisme. Je l'ai visionné une dizaine de fois, cet entretien, et je me suis dit : « Bobby, comme tu es beau. Comme tu es naturel. Comment ça se fait que là, les caméras ne te dérangent pas ? » Qui sait ce qu'il m'aurait répondu.

★

Mais les questions, ce n'est pas moi qui les pose. C'est Dick, un homme qui a souffert toute sa vie de dépression et qui, pour en guérir, s'est soumis de son plein gré aux électrochocs (qu'il a qualifiés de miraculeux). Une de ces questions, très simple, est aussi la meilleure possible :

– Bobby, comment vous faites pour jouer en même temps contre vingt joueurs, sur vingt échiquiers différents, et pour les battre tous ?

– J'y arrive parce que je les porte tous dans ma tête. Et là, ils n'ont aucune chance.

– C'est pour ça que vous pouvez aussi le faire les yeux bandés ? Parce qu'en réalité la partie ne se joue pas à l'extérieur, n'est-ce pas ?

– Oui, je peux le faire avec ou sans bandeau. C'est pareil. De toute façon, ce que je vois ne change rien.

Je les porte tous dans ma tête, là, ils n'ont aucune chance. Je peux le faire avec ou sans bandeau, ce que je vois ne change rien.

Ce qui me touche au cœur dans cette phrase, c'est le fait que Bobby soit condamné à vivre tout le temps dans sa tête. Où personne n'a aucune chance. Lui-même compris.

★

À l'extérieur de sa tête, cependant, il gâche tout. Ou plutôt, il a déjà tout gâché.

Comment tu peux remonter la pente en vingt-quatre parties si tu pars de 2-0, en sachant que même si tu égalises, tu perdras ? Comment faire, maintenant que Spassky t'a infligé un échec et mat comme si tu étais un enfant dilettante et que tu ne t'es pas présenté à la deuxième partie ? En passant pour un lâche, du reste… Tu sais ce qu'écrit la presse, n'est-ce pas, Bobby ? Que tu te fais dessus. Et que ce soit vrai ou pas… on sait tous quel effet ça peut avoir sur toi.

La moitié du monde, le bloc occidental, pense que c'est cuit. Les journaux commencent à se déchaîner contre lui. « C'est un cinglé. Il a trop tiré sur la corde. Il a offensé tout le monde. » Le *Washington Post* sort l'artillerie lourde : « Fischer s'est aliéné des millions de fans des échecs dans le monde entier. » Toutes les attentes à son égard « sont réduites en cendres et l'incendiaire est Bobby Fischer en personne ».

S'ils le croient fichu, c'est parce que les précédents parlent clair : il s'est retiré de tournois qu'il était en train de gagner sous prétexte que le lait qu'on lui apportait n'était pas le sien. Le lait Holland. Comment pourrait-il ne pas abandonner un championnat où il ne peut pas avoir gain de cause sur une question de principe comme les caméras, alors qu'il se trouve en outre en position de très net désavantage ?

Pourquoi Bobby Fischer se donnerait-il la peine de transiger, de faire des compromis pour jouer aux échecs ? « Et à quoi ça sert, les compromis, aux échecs ? Il y a toi, il y a moi, ça c'est un échiquier, jouons. De quoi d'autre on devrait parler ? Viens dans ma tête. » Le fait est que cette fois, l'adversaire est le monde, Bobby. La seule chose que toi, dans ta tête, tu ne veux vraiment pas faire entrer.

Ce n'est pas l'homme des compromis, lui, c'est un guerrier, pas un stratège. Il est Achille et non Ulysse. Il tue, il ne pense pas à vous tendre un piège. Il vous broie tout cru, il ne pense pas à la façon de vous faire cuire à petit feu. Lui, la ville ennemie, il n'y entrera jamais caché dans un cheval en vue de tuer ses habitants de nuit, en profitant de leur sommeil pour les égorger. Ivres de joie parce que convaincus que l'assiégeant a abandonné. Lui, ses ennemis, il les transperce de sa lance, il les regarde dans les yeux pendant qu'ils meurent, il n'a aucune idée de ce que sont un compromis, une stratégie, une médiation. Une fiction. Un mensonge.

Toutes choses qui appartiennent à Ulysse. Oui, elles appartiennent à Spassky.

★

C'est la nuit du 12 juillet.

Trois événements bizarres se produisent. Mais à ce stade, jusqu'où avons-nous élevé la barre de la tolérance au bizarre ?

Le premier se passe dans la chambre de Lothar Schmid. Il se sent coupable. En plus d'être l'arbitre de la compétition, c'est aussi un grand maître d'échecs ; il sait très bien que 2-0, c'est fatal dans une finale de ce type. Et il se sent coupable. Parce que si Bobby a perdu de son propre fait au premier tour, au deuxième, on pouvait – peut-être – trouver le moyen de ne pas l'humilier comme ça.

En réalité, sa culpabilité porte sur autre chose : en actionnant ce chronomètre, il pense avoir détruit un génie. Fragile, fastidieux, antipathique, mais un génie. Il a hurlé au visage d'un enfant qui hurlait de ne pas hurler. Ces deux-là auraient pu donner vie à un chef-d'œuvre, et il se sent en quelque sorte responsable d'avoir privé un génie de la possibilité de s'exprimer dans sa langue : l'art échiquéen. De pouvoir en écrire une nouvelle page grandiose avec Spassky.

Mais qu'est-ce qu'il y pouvait ? Le règlement est clair. Sauf que les génies, quand est-ce qu'ils se plient aux règles ?

Puis il décroche le téléphone. Il appelle chez lui.

– Papa, je suis plein de croûtes… lui dit son fils.

– Moi aussi, mon garçon…

★

La deuxième chose bizarre se passe dans la chambre de Bobby Fischer. Allongé sur le lit, il a la tête sur l'oreiller. Il est entièrement habillé. Il n'a même pas enlevé ses chaussures. Il les a enfilées à huit heures trente pour sortir. Et puis il n'a plus bougé. Sur sa table de chevet, une radio Sony allumée, un réveil indiquant 3 h 22. Un échiquier avec ses pièces, un verre de lait. Une lampe allumée. Un téléphone couleur crème. Qui se met à sonner comme par magie. Cet appel arrive tout droit de Californie. Le numéro direct de la chambre est le 22322 ; or personne au monde ne peut l'avoir. Sauf un : Henry Kissinger. Il l'appelle de la Casa Pacifica, sur la plage de San Clemente. C'est la « Maison-Blanche estivale », comme on la surnomme, celle de Nixon en ce moment.

Ils sont tous terrifiés à l'idée que Bobby se retire et que l'Amérique, en pleine guerre froide, perde le défi face aux Russes. Alors Kissinger lui passe le second coup de fil de cette histoire. Et s'il s'était précédemment conduit en maître, il montre cette fois qu'il n'a rien compris à Fischer. Il lui dit :

– Bobby, quoi ! Vous êtes notre homme ! Allez ! Aux échecs, vous êtes plus fort que tout le monde ! Allez-y et cassez-le !

Et c'est avec un calme séraphique que Fischer lui répond :

– Le problème, ce n'est pas les échecs, Henry, je suis surpris que vous ne compreniez pas. Le problème, c'est les caméras. Je n'accepte pas de compromis en ce qui concerne mon art.

Et il lui raccroche au nez, à lui aussi.

★

La troisième chose est la plus bizarre de toutes. Bobby Fischer prend Lombardy par la main. Oui, le prêtre. Oui, ils partagent la même chambre. Et il l'entraîne comme un poids mort vers la porte.

– Bobby, je suis en pyjama…

– Pas moi.

Il jette sur lui une épaisse couverture de laine. Laquelle – ça paraîtrait ridicule si ce n'était pas vrai – est à gros carreaux noirs et blancs. Bref, à motif en damier.

En Islande, une petite brume fantomatique se lève parfois au cours de ces nuits blanches. C'est la chaleur qui émane de la terre, là-bas tout est volcan (Vulcain, un autre dieu !).

Pour Lombardy, les intentions de Bobby sont tout de suite claires : il va l'emmener à l'aéroport. Il s'échappe, il s'enfuit, il rentre chez lui ! *Allez vous faire foutre, vous et vos caméras, qu'est-ce que la télévision a à voir avec le championnat du monde d'échecs ?*

Bobby au pied rapide le fait marcher pendant des heures dans le néant absurde de l'Islande la nuit, il l'emmène voir une prairie verte infinie se jetant dans la mer, striée par les mouettes qui sifflent en volant, les ailes immobiles et déployées ; là, il n'y a rien ni personne, juste des chevaux, le vent. Un rocher. Bobby s'assoit dessus.

– Ici. Pourquoi on ne peut pas jouer ici ? Juste Spassky et moi. Et personne autour, à part ces chevaux blancs. Ici.

Pourquoi cette partie d'échecs, elle ne peut pas être juste un petit truc entre Boris et moi ?

Ici.

J'ai vu des photos de cet endroit. À certains égards, on dirait le paradis. Vraiment. Une prairie qui ondule en douceur, une falaise qui devient la mer, comme tranchée au couteau dans la montagne. De façon nette. Précise. Et puis les chevaux, blancs. Sur une photo magnifique, Bobby appuie son front contre le museau d'un destrier blanc. Il sourit.

Oui, on dirait le paradis. Et puis on y réfléchit davantage, et il fait là un froid qui n'a pas sa place au paradis. Et puis vous regardez autour de vous et c'est la nuit, bien sûr, alors pourquoi tout est si blanc ? Et puis la mer est l'océan, qui ne fait pas de va-et-vient mais heurte la falaise, et le vent est un rasoir. Et même les mouettes qui volent et semblent immobiles, les ailes déployées, on dirait des anges, certes, mais cloués au ciel par une épingle. Des papillons dans la vitrine d'un taxonomiste. Quel endroit est donc cet *ici* ?

Il est ce que le monde peut offrir de plus proche de l'esprit de Bobby. Une roche dure, un paradis qui a aussi l'air d'un enfer de beauté solitaire et dévastatrice.

Parfois, moi, je le prendrais dans mes bras, Bobby Fischer. Vraiment. Je voudrais aller là-bas et lui donner mon affection. Et lui dire : « Laisse tout tomber, Bobby. Il est encore temps. Tu n'es pas un génie des échecs, tu es un génie qui joue aux échecs parce que c'est tout ce qu'il connaît, mais tu peux faire n'importe quoi d'autre. Sauf que ton père, tu ne l'as jamais vu, que ta mère, elle est partie militer quand tu avais huit ans et que toi, tu t'es retrouvé seul sans rien à part un échiquier. Sans rien qui ne soit ou tout noir ou tout blanc. La vie, c'est autre chose, Bobby. Abandonne tout. Laisse tomber. Tu les vois, ces nuages ? Est-ce qu'ils ne sont pas si beaux qu'ils donnent envie de pleurer ? En dehors de l'échiquier, il y a le monde, Bobby. Il faut que tu sortes. »

C'est ce que je ferais, tu sais, papa. Je lui dirais : « Écoute, le seul secret de la vie, c'est de se rendre compte qu'on est en vie. Et d'en profiter. Ce n'est pas de gagner aux échecs, hein ? »

Bobby sur ce rocher. Ça me donne le vertige si je repense à moi-même, à l'époque où j'étais dessous. Sous la table en pierre. Et où j'entendais parler de lui.

★

En fait, si j'y pense, il y a une scène qui raconte mieux que toute autre le motif pour lequel je voudrais serrer Bobby dans mes bras. Elle a quelque chose à voir avec Achille, bien sûr, et avec le sang. Et avec une solitude qu'une accolade ne suffirait peut-être pas à combler, bien qu'elle puisse être un début. Je ne sais pas.

C'est là que la question se noue, papa ? C'est ça la vraie raison pour laquelle, à ton âge, je me retrouve à essayer de comprendre pourquoi Bobby Fischer vous enthousiasmait tant ? Et m'enthousiasme tant moi-même, ce génie des échecs misogyne, violent, arrogant, instable et brutal ? Pourquoi vous en parliez, papa ? Il y a peut-être quelque chose que je ne sais pas encore ? Elle nous appartient peut-être plus que ça, toute cette affaire ?

Voyons voir. Partons d'Achille. Au chant XXI de *L'Iliade*, une des scènes les plus abouties, il fait une chose à sa manière spectaculaire. Parfaite de tout point de vue. Bien sûr, pour Achille, la perfection, c'est la mort, c'est tomber amoureux de Penthésilée, la reine des Amazones, à l'instant où il la tue, mais ne nous perdons pas en subtilités.

Seul, furieux – Patrocle vient d'être tué –, il fend l'armée troyenne en deux; une moitié fuit en désordre à travers la plaine, l'autre, de façon plus sensée, cherche le salut dans le lit d'un fleuve: le Scamandre.

Achille, tout le monde le sait, a le pied léger, il rattrapera en un instant les fuyards de la plaine; au contraire, il se dirige vers le cours d'eau. Lentement. Il marche lentement, mais sa marche lente est toutefois bien plus rapide que la débandade précipitée de ses ennemis.

Il les repousse jusqu'à la berge, juste en marchant. C'est la terreur qu'il leur inspire qui les met en fuite. Il les chasse jusqu'à l'eau, dans laquelle ils s'avancent; c'est alors qu'il les laisse caresser un moment l'idée de rester indemnes. Ils se disent: « Oh non, le Péléide n'entrera pas dans les flots, il ne risquera pas sa vie juste pour venir nous chercher! Maintenant, il va faire demi-tour et poursuivre les autres dans la plaine de Troie! »

En effet, le voilà qui arrête son très rapide pas lent – une statue, une colonne de muscles bandés et armés – juste au bord du fleuve.

Le silence se fait pendant un instant. Les Troyens respirent. Ils sont sauvés.

Alors Achille entre dans l'eau. Il y met d'abord un pied, puis l'autre. Il s'y enfonce jusqu'aux genoux. Il sourit. Sans lèvres, ce sourire est un cauchemar. Et il les poursuit, il les traque, il les attrape. Un par un. Un massacre. Certains le supplient, parmi les flots, implorent sa pitié, font appel à tel ou tel dieu: ils sont égorgés. Transpercés. Embrochés. Homère n'épargne aucun détail atroce. Et parmi les flots, Achille n'épargne personne. Il teinte de sang tout le Scamandre. Ce qu'il fait n'est pas un petit outrage, et Achille le sait : ce fleuve est un dieu. Par certains aspects, il est même un de ses parents, un cousin (lui, il est toujours le fils d'une nymphe des rivières).

Le dieu Scamandre, souillé de sang par Achille, devient furieux. Il gonfle ses eaux, déverse sa férocité sur lui. Achille tient son rang. Et il se bat – grandiose – contre le fleuve, l'entraînant dans un corps-à-corps. À un certain moment, même, les choses tournent mal pour lui. Un fleuve, c'est trop. Alors un dieu plus puissant que le fleuve intervient pour sauver le Péléide, pour faire pleuvoir des pierres ponces et des flammes : Héphaïstos. Mais ce défi, se mettre à combattre dans ce fleuve de sang, n'était-ce pas exactement ce qu'Achille voulait ? N'était-ce pas exactement pour ça qu'il était là ? Il savait très bien que ça arriverait.

Bobby se dit capable d'anticiper ce qu'un adversaire va faire avec vingt coups d'avance. Achille n'avait pas prévu, vraiment, la réaction du fleuve ? Bien sûr que si. Et il a cherché à la provoquer.

Et maintenant Bobby. C'est un très jeune homme, il a dix-sept ans, il se trouve à Curaçao, dans la mer des Caraïbes, en face du Venezuela. Des vacances en famille ? Oh non, il est là pour un tournoi. Tout seul. Dans le circuit international (ils y sont déjà tous, et ce tournoi sera remporté par Petrossian), il est le plus jeune, le moins connu. Ce n'est pas le seul joueur américain, il y a aussi Arthur Bisguier. Lors d'un après-midi de repos, celui-ci a l'idée de faire quelque chose pour ce talentueux jeune homme qui reste cloîtré à l'hôtel. Lui proposer une promenade dans l'île, peut-être, une conversation. C'est les tropiques, les joueurs d'échecs sont souvent à la plage, c'est la belle vie ! Et puis tu n'as même pas vingt ans, quoi ! Mais qu'est-ce que tu fais enfermé ?

Il se dirige vers la chambre de Bobby, frappe à la porte.

– C'est ouvert, il s'entend répondre.

C'est vrai, la porte n'est pas fermée. Bisguier tourne la poignée, fait un pas à l'intérieur. Et se fige.

Bobby a ouvert les fenêtres en grand. À l'intérieur de la pièce, il y a des taches rouges partout. Certaines sèches, plus ou moins grosses, d'autres encore dégoulinantes. Il a les yeux exorbités, un bandana dans les cheveux. Sa main tient une savate. Bisguier ne comprend pas tout de suite, puis il relie les pointillés de ce qu'il voit. *Mosquitos.* Ils sont terrifiants sous les tropiques.

– Ferme les fenêtres ! Sinon, plein de moustiques vont entrer !

– C'est pour ça que je les ai ouvertes.

Pan. Encore un, écrabouillé sur le mur. Mais ce n'est pas fini, et du reste ce n'est pas l'essentiel. L'essentiel, c'est ce que Bisguier voit juste après : l'horreur.

Bobby les laisse entrer et le piquer, puis il attrape le moustique concerné, lui arrache les pattes avec une pince à épiler – une par une – et ensuite, avec sa savate, *pan.* Sur le mur. Au suivant.

Bobby dans un bain de sang. Tel Achille au milieu du Scamandre.

Bien sûr, le Péléide est épique, il tonne de beauté dans son combat contre le fleuve, tandis que Bobby est un gamin sadique qui torture des moustiques ; tous deux, cependant, font ce qu'ils veulent avec du sang. Un élément dans lequel ils savent littéralement se vautrer. Et s'ils t'entraînent là-dedans, ils ne te laissent aucune chance.

Bisguier referme la porte. Il l'abandonne là et va raconter la scène aux autres. Il commente :

– Si ce n'était pas un joueur d'échecs, ça pourrait tout à fait être un psychopathe.

C'est ça notre thème, papa ? En d'autres termes : le fait d'être un joueur d'échecs, est-ce que ça empêche Bobby d'être un psychopathe – comme les auteurs de romans policiers qui couchent des crimes féroces sur le papier pour éviter de les commettre dans la réalité – ou bien ça aggrave ces traits ?

Et puis tu veux savoir mon point de vue ? Moi j'y crois, à l'histoire des caméras. Je crois vraiment qu'elles le dérangeaient, que ce n'était pas un simple caprice. Et alors tu le comprends, le drame ? C'est le match de ta vie, et il se joue l'année de la fin du monde. Il n'y aura pas d'autre occasion. Et quelqu'un te veut tellement de mal qu'il est prêt à te nuire juste pour pouvoir filmer la scène avec des caméras. Et montrer au monde ce qui ne doit être qu'à toi.

Qui ça intéresse, vraiment, de suivre les échecs à la télé ? S'il n'y avait pas la Russie, s'il n'y avait pas l'Amérique… On ne pourrait pas rendre un enfant heureux ? Je suis pour Bobby. Enlevez ces putains de caméras et laissez-le jouer, allez, mais de quoi on parle !

Et maintenant continuons.

Le chemin à parcourir est encore long avant qu'on puisse vraiment commencer à y comprendre quelque chose.

Chapitre dix

Je m'y suis mis par une belle matinée de mai.
Stephen King, *Rage*

À ce stade – peut-être – il est quatre heures. C'est le matin, c'est la nuit, c'est le jour, c'est tout ça ensemble : l'Islande est un lieu où le temps n'existe pas.

Bobby se lève. Debout, il est très grand. Il attrape la couverture que porte Lombardy, la lui enlève, s'en enveloppe et se dresse comme un pingouin laineux. Bobby Fischer, drapé d'un gigantesque échiquier de laine dans une petite brume de Vulcain (les Grecs l'appelaient Héphaïstos...), ça fait un certain effet.

Tout à coup, il répète :

– Ici. Pourquoi on ne peut pas jouer ici ?

Lombardy l'écoute, il le laisse parler puis comprend qu'il n'y a qu'une chose à faire. Et il la fait. Il fait cette seule chose possible.

Il le serre dans ses bras ? Lui exprime son affection ? Joue aux échecs avec lui, comme ça, pour l'apaiser ? Ou bien il lui dit ce que mon père m'aurait peut-être dit dans une situation analogue ? À savoir : « Je te signale que tu n'es pas le soleil de cette galaxie, tout ne tourne pas autour de toi. Tu joues contre le champion du monde, aie du respect pour lui et pour les autres. Les règles étaient claires d'emblée, tu le savais, qu'il y aurait des caméras. Tu as peur ? C'est normal. On a tous peur. Mais ne cherche pas d'excuses : admets-le, que tu as peur. Va, joue ton match. Si tu perds, ça veut dire qu'il est plus fort que toi, et que toi, après lui, tu es le plus fort de tous. *C'est la peine de faire tout ce cinéma ?* »

Non, Lombardy ne fait rien de tout ça, c'est un prêtre. Un prêtre emprunte toujours d'autres voies. Et lui, en tant que prêtre, dans cette histoire absurde qu'est la vie de Bobby Fischer, en pleine guerre froide, il va parler aux Russes.

Le jour de la troisième partie. Et il leur dit que l'alternative est simple : soit ils jouent sans caméras, soit Bobby rentre chez lui, il abandonne. Mais il ne leur force pas la main, il ne se lance pas dans un bras de fer avec la délégation d'un pays qui est aussi une gigantesque puissance nucléaire… Il fait une proposition. Il suggère un autre lieu pour remplacer la salle du palais des sports.

Non, bien sûr, pas le rocher de la prairie avec les chevaux blancs et l'océan en toile de fond, n'exagérons pas, ce sont des Russes élégants, on ne peut pas les emmener au pique-nique de la paroisse. Il propose une petite pièce. Une pièce close. Pas de grande salle, pas de spectateurs, pas de caméras.

– Ils pourraient jouer, dit Lombardy, dans le cagibi à balais du palais des sports. Il n'y a pas de fenêtres, juste des murs blancs. Pas de photographes, pas de spectateurs, rien de rien… Bobby est d'accord.

À l'idée que c'est la seule possibilité de poursuivre le match, eh bien, les Russes s'en frottent les mains comme si c'était dans la poche. Ils pensent : « C'est bon. C'est nous qui gagnons, et tout de suite ! Et dans ce défi NOUS contre EUX, c'est NOUS qui restons sur le trône du monde, et EUX, ils renoncent ! »

Voilà pourquoi ils répondent :

– Bah… ça nous paraît bizarre, comme proposition. Il faut demander à Spassky. Voir si lui aussi est d'accord. Mais on ne croit pas que le champion du monde – Boris Dix – acceptera de jouer dans le cagibi à balais… Entre autres parce que lui, il sait faire ses calculs : s'il refuse, il remporte le championnat. Il lui suffit de dire non. Vous comprenez ce qui est en jeu, n'est-ce pas ?

Le monde est en jeu, dans ce défi Est-Ouest, dans cette compétition NOUS les Russes contre EUX les Américains.

Sauf que Spassky – attention à la faille, ici la question devient très subtile, mais elle est fondamentale –, même s'il n'est à l'évidence pas l'un d'EUX – ce n'est pas un Américain, c'est clair – mais vu sous un autre angle, il n'est pas non plus tout à fait un vrai NOUS. Non qu'il ne soit russe – qui le serait plus que lui, né à Leningrad ? – mais parce que Boris, avant d'être russe, est le sujet d'un autre royaume : celui du roi des échecs.

C'est pourquoi il est le compatriote de Bobby, comme Ulysse pour Achille.

Autrement dit, c'est avant tout un joueur d'échecs. Et s'il doit partager le monde en NOUS et en EUX, il ne le partage pas en Russes et en Américains, mais en joueurs d'échecs, NOUS – Bobby et moi – et en non-joueurs d'échecs, EUX, tous les autres. C'est comme ça qu'il raisonne, Spassky. Et puis c'est un gentleman et ce qui l'effraie, plus que de perdre, c'est de conserver son titre par abandon du challenger. Autrement dit de gagner sans jouer. Difficile de penser que ce match d'échecs concerne NOUS et EUX si on ne comprend pas vraiment ce que signifie ce NOUS, ou combien de nuances ce sous-ensemble peut compter.

Bobby, en tout cas, ne plaisante pas : il a déjà réservé un avion pour New York. Il anticipe les stratégies de ses adversaires avec vingt coups d'avance. Mais Boris n'est pas un adversaire aussi prévisible. Et il accepte. Il accepte de jouer dans le cagibi à balais. Il accepte parce qu'il a appris à jouer sur les genoux de son grand-père, dans un train, en fuyant les nazis. Si seulement il avait eu, à l'époque, un cagibi… il avait juste faim et peur quand il a appris à jouer.

En entendant les mots de Boris, les Russes n'en croient pas leurs oreilles.

Ulysse a dit :

– Jouons. Va pour la petite pièce.

Ulysse est un roi, mais il resterait aussi accroupi à l'intérieur d'un cheval en bois plein d'échardes, si on va par là.

Alors ils interviennent encore, ils tentent de s'immiscer. « Ça ne peut pas être *vraiment* une chose que vous jouez entre vous, tous les deux, ça doit rester un défi EUX-NOUS ! »

– Il faut demander à Schmid, insistent les Russes. On ne croit pas que l'arbitre d'un championnat du monde d'échecs accepterait d'arbitrer la finale dans le cagibi à balais…

Or il accepte. Lothar, on l'a vu, est de ceux qui sont convaincus que ne pas jouer ce match, ce serait comme retirer leurs pinceaux à Picasso et Van Gogh. Il veut voir la toile qu'ils sauront peindre ensemble. Quel qu'en soit le prix. Et puis c'est un grand maître d'échecs. Il est dans l'équipe des NOUS.

Les Russes mettent les points sur les i :

– En tout cas, même là, dans la petite pièce… il y a une caméra de vidéosurveillance.

– On ne le lui dira pas… propose Lombardy.

Alors les Russes acceptent.

Chapitre onze

La prédiction est un exercice très compliqué,
spécialement quand elle concerne le futur.
Niels Bohr

Dimanche 16 juillet 1972.

Non, vraiment? Qui voudrait jouer un dimanche? En l'occurrence: un Russe athée contre un Américain juif – escorté par un prêtre catholique – qui se déclare adepte d'une secte du genre « Témoins de Jéhovah ». Et qui de toute façon n'est même pas circoncis. On dirait une blague, de quoi donner la migraine.

Pourtant, le dimanche 16 juillet 1972 est le jour de la troisième partie du championnat du monde. Tout pourrait se dérouler sans encombre. Les cloches sonnent, puisque c'est dimanche ! Les deux adversaires arrivent, s'assoient, jouent: l'un gagne, l'autre perd. Ils se serrent la main, merci tout le monde et à demain. Ça pourrait se passer comme ça. Mais ce serait une autre histoire.

Oui, parce qu'avant même que tout commence, il y a déjà un petit problème à résoudre. Le public. Qu'est-ce qu'on fait d'un millier de spectateurs qui ont acheté un billet pour avoir une place au palais des sports et assister aux parties ? On les oriente vers un autre événement ? Dans l'Islande tout entière, il n'y a aucun autre événement.

Et les journalistes, les commentateurs, toute la salle de presse, les chaînes de télévisions, les photoreporters ? Qu'est-ce qu'on en fait en attendant que ces deux-là sortent de leur cagibi ?

Et les VIP ? On en fait quoi, des VIP ? Et des hommes politiques ? On les envoie bras dessus, bras dessous faire le tour des volcans islandais ? On les installe autour d'une bonne tablée de viande salée arrosée de bière ?

Il n'y a qu'une solution : la technologie. Connecter un téléviseur à la caméra de vidéosurveillance braquée sur l'échiquier et faire voir à l'extérieur du cagibi ce qui se déroule à l'intérieur.

– On peut faire ça ? demandent les organisateurs à M. Fox.

Et lui, il le fait. Câbles, pinces, rallonges. Ruban isolant. Il mérite les applaudissements. Bobby arrive, il voit tout ça et pète les plombs. Il hurle :

– C'est quoi ce putain de fil ? Et cet autre, là…

Lothar Schmid n'en peut plus, il l'attrape par le col de sa chemise – Bobby mesure au moins vingt centimètres de plus que lui – et le pousse dans son fauteuil.

– Et maintenant ça suffit, Fischer ! Jouez et soyez aimable.

Bobby se tait. Boris, impassible, est assis en face de lui.

Il est neuf heures moins neuf. Le championnat du monde semble assuré. Mais en neuf minutes, tout peut arriver. Pour une fois, cependant, Dieu sait comment et pourquoi, rien ne se passe. À neuf heures, la partie commence. Boris ouvre avec les blancs.

Et si à l'intérieur il n'y a qu'eux deux, à l'extérieur tout le monde suit cette partie. Ça aussi, ça me paraît extraordinaire. Pensez aux technologies de 1972. Pensez à un téléviseur de 1972, à la grosse boîte de valves et de verre que c'était. Et à la qualité de l'image que les téléspectateurs regardaient : une partie d'échecs, disputée dans la pénombre d'un cagibi à balais, filmée par une caméra de surveillance et diffusée par un téléviseur à tube cathodique et écran bombé. Une partie extrêmement lente. En noir et blanc, avec une mauvaise définition. Peut-être que les images de l'alunissage de 1969 étaient plus nettes. Et le monde suspend ses affaires courantes pour regarder cette *chose*. Les gens dans les bars parient sur les coups. Les gens dans les parcs regardent, décryptent et rejouent la partie sur de grosses cases d'un mètre carré.

Mais : ça a du sens ? Ça a du sens de s'abîmer les yeux comme ça ? Et pourquoi ils sont tous là, les yeux rivés à la télé ? Qu'est-ce qu'elle a de si fascinant, cette partie ?

Boris a ouvert. C'est au tour de Bobby avec les noirs, on l'a déjà dit. Lorsqu'il joue avec les noirs, il est méthodique, répétitif, traditionnel, coutumier. Moins créatif que quand il a les blancs. C'est absurde de dire ça de lui, mais quand il a les noirs… il est prudent.

Il joue son coup.

– Oh putain ! C'est du sérieux !

C'est Lombardy, qui n'en croit pas ses yeux. Oui, c'est un prêtre, et oui, il a dit : « Oh putain ! »

En réponse à l'ouverture de Boris, Bobby joue un coup suicidaire. Un coup infiniment risqué qu'on ne joue que si on se sent infiniment supérieur à son adversaire. Il est aussi esthétiquement laid, inconfortable. C'est comme si pendant la finale de la Coupe du monde de football, au moment où l'arbitre siffle, vous tiriez dans les buts depuis le centre du terrain. C'est absurde ! Et c'est laid.

Bobby Fischer joue la défense Benoni.

Les commentateurs dans la salle en ont le souffle coupé. La Benoni ! La Benoni n'est pas un hasard : c'est un choc. Sur quel terrain Bobby veut emmener cette partie ? Il veut l'emmener dans sa tête. Parce que Benoni, étymologiquement, ça signifie « le fils de la douleur ».

Quand vous jouez cette ouverture – et personne de sensé ne le fait jamais à ce niveau –, vous dites : « Ça va être un carnage, mon ami. Celui de nous deux qui mourra le fera dans d'atroces souffrances. »

Boris est désorienté. Il joue. Un coup diplomatique. Il a les blancs, il devrait attaquer, mais c'est un coup timide. Précautionneux. Il ne peut pas croire que Bobby va persévérer dans la défense Benoni. C'est trop risqué, y compris pour lui-même.

Or Bobby continue. La Benoni. Il déploie les pièces, multiplie les offensives. Il ne se concentre pas sur un seul foyer, c'est comme s'il incendiait tous les coins de l'échiquier. Il mène une guérilla, pas une guerre. Et au onzième coup : cavalier en h5. Ce qui peut être dit comme ça aussi : Ch5. Ou encore : tu es en train de démantibuler ton réseau de pions en en retirant un de la défense du roi. Si c'était du foot, ce serait comme répondre « Pelé » à la question : « Excusez-moi, qui est votre gardien de but ? »

Sans lever les yeux, il laisse échapper un murmure méphistophélique :

– Boris… je viens te chercher !

C'est Achille sur les rives du Scamandre.

*

Mais tâchons de rester lucides, de ne pas nous laisser submerger par l'émotion. Raisonnons : persévérer avec la Benoni, ce n'est jamais une bonne idée. C'est trop agressif. Ça vous expose trop. C'est un carnage, pas de doute, mais vous pourriez être déchiqueté à votre tour, si vous avez affaire à un parfait stratège comme Spassky, quelqu'un qui, alors que vous le chargez tête baissée, vous contourne et enfonce ses dents dans votre dos.

Vous pouvez à la rigueur adopter momentanément cette défense, histoire d'élever la voix, mais ensuite il vaut mieux – beaucoup mieux – mettre de l'eau dans son vin. Surtout si vous ne jouez pas contre votre voisin de quatre ans et demi, qui n'a jamais vu un pion !

Je n'ai aucune idée de ce que mon père pensait de cette histoire de Benoni, du coup Ch5. Rien, je crois. Il ne comprenait pas grand-chose aux échecs et il m'a moi-même fallu des mois pour m'y repérer. Et je ne saurais pas jouer cette ouverture, c'est évident, je n'ai saisi qu'en partie comment fonctionne ce sortilège de nécromancien par lequel on invoque le fils de la douleur.

Cependant, une des pages soulignées du livre de Reuben Fine appartenant à mon père commente ce choix. Selon lui, le coup joué par Bobby à ce moment-là ne prouve qu'une seule chose. Que Fischer était un grand joueur d'échecs ? Non. Qu'il était fou ? Non plus.

Qu'il avait des sentiments ambigus envers les femmes. Selon toute probabilité, écrit-il, le fait de décentrer ainsi le jeu en le rendant agressif sur les côtés de l'échiquier, sur les bords, représente une fuite liée à la peur des femmes.

Je peux ? Les bras m'en tombent. Fischer lance une attaque périphérique, esquive la dame, et le fait parce qu'il a peur des femmes ? Waouh, quel raisonnement raffiné. Et quand il mange la pièce en forme de cheval ? C'est parce qu'il a faim ?

Non, ce n'est pas ça. Non que Bobby ait une relation sereine avec les femmes. Il n'en a avec personne. Et de toute façon, c'est son affaire. Il est Achille, pour moi le chapitre est clos.

Bobby ne recourt pas à la Benoni pour révéler au monde une partie de sa psyché, il le fait parce qu'il *est* le fils de la douleur. Et il se vautre là-dedans comme une oie dans un bourbier, pour vous entraîner dans le fleuve de sang.

Spassky est le seul à l'avoir compris. À le prendre au sérieux. Après le coup Ch5, il prend une demi-heure pour analyser l'attaque furieuse que Fischer lui fait essuyer avec les noirs. Une demi-heure. Trente minutes d'étude. Immobile. À réfléchir.

Je me mets à la place de ces mille spectateurs qui restent une demi-heure à regarder les images provenant de la caméra de vidéosurveillance sur le téléviseur en noir et blanc. Qui sait quelle attente mystique ça a dû être… ils ont toute ma sympathie.

Quoi qu'il en soit, elle en valait la peine, car Bobby Fischer, là, dans un cagibi à balais, en Islande, sans la pression de tout ce qui n'est pas les échecs, en jouant seulement comme s'il ne s'agissait que d'une petite chose entre Spassky et lui, en ouvrant avec ce coup si autobiographique – le fils de la douleur –, en se battant telle une bête blessée, remporte sa première victoire contre Boris Spassky.

En jouant avec les noirs.

La première dans l'absolu. Le score est maintenant de deux à un.

Bobby a emmené Boris dans sa tête. Et là, même Ulysse n'a eu aucune chance.

Personne n'y croit. Pendant un moment, personne n'y croit.

Bobby laisse passer quelques minutes de silence dense après l'échec et mat, puis il se lève et tend la main à Boris, qui ne bouge pas. Pas par impolitesse. Spassky est toujours un gentleman. C'est qu'il est concentré. Il reste assis, il regarde l'échiquier. En essayant de comprendre comment s'est vraiment déroulé le carnage qui a permis à Fischer d'obtenir un point.

Ce dernier est encore en net désavantage, mais il a secoué l'inertie. En jouant de façon tout à fait inédite.

Bobby sort du cagibi, puis il y retourne. Il sourit.

– Boris, il dit, c'est fini, on va faire un tour ?

Ils sont là-dedans depuis quatre heures. Et Spassky est toujours assis, à scruter l'échiquier. Immobile.

– Excuse-moi, Bobby, je reste encore un peu ici. J'analyse tes coups. On se voit demain.

Il s'attardera là, assis dans cette petite pièce pendant encore deux heures. À étudier la façon dont le fils de la douleur l'a mis échec et mat. Avec tous les Russes, l'équipe russe, les collaborateurs, qui rejouent la partie avec lui. Sans comprendre comment Bobby a fait pour jouer comme ça.

Boris a fait de l'athlétisme, lui aussi. D'après le Parti, il courait le cent mètres en dix secondes. Il a de larges épaules, et cette habitude de mettre sa main gauche dans sa poche, même assis.

Quand il n'y a plus un chat, il se promène en silence jusqu'à la mer avec toute la délégation russe. Il existe une très belle photo de ce moment. Lui qui fume une cigarette et ramasse par terre un gros bloc de lave. Noir. Spongieux. Du magma figé. Une chose qui était du feu et qui est maintenant de la roche.

Et il dit :

– Vous auriez dû le voir. De près, on dirait vraiment un animal. Il a dans les yeux quelque chose de si noir, de si inquiétant.

– C'est la peur de perdre ! lui dit aussitôt quelqu'un de la délégation soviétique.

Ils lui tapent dans le dos. Boris acquiesce. Mais personne n'y croit.

Chapitre douze

Il n'y a rien d'anormal au fait
qu'un joueur d'échecs
ne soit pas normal, c'est normal.
Vladimir Nabokov

En revanche, papa, pourquoi vous n'avez pas parlé de Spassky ce jour-là ? Vous ne le connaissiez pas bien ? Vous ne saviez rien de lui ? Ou vous avez considéré comme acquis qu'un « perdant par nature », un « psychopathe » comme Fischer, était plus fascinant pour un groupe de psychologues qu'un champion du monde très équilibré et invincible ? Ou bien vous en avez parlé et je l'ai refoulé ?

Viktor Kortchnoï, cet autre géant des échecs, un des joueurs les plus aimés, les plus constants et les plus impérissables (en 2010, à soixante-dix-neuf ans, il était encore l'un des cinquante meilleurs joueurs au monde !), disait de Spassky: « Boris est un gentleman. Les gentlemen séduisent peut-être les femmes, mais ils ne gagnent pas toujours aux échecs. »

Mais qui gagne toujours aux échecs, Viktor? Et puis Boris a été champion du monde, pas toi. À partir de 1969, il n'a connu aucun rival. En 1973, il te massacrera sans retenue aux championnats soviétiques. Et des femmes, oui, il en a conquis beaucoup. Ça t'énerve ? Ulysse aussi, d'autre part. Mais à quel prix ? Tu es jaloux de Circé ?

Spassky a quelque chose de plus qu'un gentleman, il est d'une intelligence démesurée, bien sûr, mais même ça, ça ne suffit pas. Bobby est pareil.

Quelle force mentale surhumaine il faut pour ne pas broncher face aux caprices d'Achille ! Voilà pourquoi Spassky ne peut pas être Hector, pour être clair. Spassky pourrait exploser, traiter Fischer de lâche, de fou, de type dont les attaques ne visent pas directement la reine parce qu'il est misogyne, ou bien de psychopathe, comme Bisguier la fois des moustiques. Et ce ne serait pas simplement comme avoir le dernier mot dans une prise de bec, une querelle de bar. Il resterait le champion du monde. Il pourrait renvoyer Fischer chez lui, les os brisés, en le couvrant de boue et d'insultes. Au moindre signal de sa part, la propagande de l'URSS pourrait dévaster une fois pour toutes ce jeune homme perturbé de vingt-neuf ans.

Alors que Spassky ne le traite pas comme un cinglé, ce qui me paraît une attitude remarquable, d'homme honnête, de bon père. Il le respecte. Peut-être qu'à certains égards, il partage ses souffrances, même s'il ne le montre pas. Mais si on arrive à jouer aux échecs à ce niveau, on sait où se trouve l'abîme de la folie, la frontière de la démence, juste là : au prochain coup. Et il ne pense jamais, pas même un instant, que son adversaire veut se soustraire au combat par peur.

La peur ? Qu'est-ce que c'est, la peur ? Il n'existe pas de partie d'échecs qui en soit exempte. Toutes sont faites de peur. C'est un élément fondateur de ce jeu. Fischer a aussi peur que Boris. Personne ne se met devant un échiquier s'il n'éprouve pas ce sentiment. On s'assoit là pour ça. Et dans l'espoir de trouver une place pour l'angoisse comme on trouve la meilleure place pour défendre son roi.

Boris possède une intelligence semblable à celle d'Ulysse, en mesure de comprendre et de contourner la violence instable du cyclope sans pour autant le juger comme un monstre. Et il a l'astuce de lui dire que celui qui l'a aveuglé, c'est Personne. De neutraliser la férocité des sirènes sans les cataloguer comme « différentes ». Le tout, cependant, sans se soustraire à leur piège. Il pourrait le faire. Il ne passe pas au large de cet écueil, il ne l'évite pas. Non, au contraire : s'il trouve le moyen de défier – et de battre – le monstre dans ses monstruosités, ce n'est pas qu'il ne le craint pas, c'est plutôt pour vivre la peur du cyclope, l'horreur des sirènes. Ulysse veut se mesurer à Scylla, à Charybde, il fait tout pour y arriver.

Et Spassky fait tout pour se mesurer à ce fier et monstrueux adversaire hanté par des démons : Bobby Fischer. Il ne le bat pas aussi facilement que le ferait n'importe quel guerrier, en exploitant sa première faiblesse, en le frappant en traître dans le dos. Tel Hector lorsqu'il tue Patrocle assommé par Apollon, Hector qui frappe et tue son ennemi par-derrière. Et déjà étourdi, qui plus est. Boris non. C'est un roi, comme Ulysse. Il est raffiné, c'est un stratège, l'homme au génie protéiforme, l'homme des questions, du doute. Même sur lui-même. Il est la ruse, pas la férocité. Et si c'était ça le thème, papa ? Et si c'était de Spassky qu'on aurait dû parler, toi et moi ?

⋆

Tu ne m'as jamais rien raconté de ton travail, papa.

Dans ton cabinet, tu avais un grand panier en osier fermé par une chaîne cadenassée. La clé, tu la gardais dans ton coffre-fort. Tu étais le seul à connaître la combinaison. Dans ce panier se trouvaient des classeurs, les dossiers des cas cliniques sur lesquels tu travaillais. Et toutes les notes que tu prenais pendant les séances. Il y avait les mots de tes patients. Et leurs noms. Ils étaient sous clé. Comme les histoires qu'ils te racontaient, impénétrables pour quiconque.

Je me souviens cependant d'une chose. Le mardi, tu me demandais des jouets. Tu me les empruntais. Tu me les laissais choisir, deux ou trois. Et je te les donnais, tu les apportais en séance, puis tu les lavais et tu me les rendais le soir.

« Tu les as utilisés ? »

« Pas ceux-là », tu me disais.

Le mardi suivant, tu m'en demandais d'autres. Tu ne m'as jamais rien raconté.

Le jour de ton enterrement, j'avais douze ans, une dame s'est approchée. Elle m'a révélé qui elle était : la mère de l'enfant que tu avais en thérapie le mardi. Et qui n'est pas sorti de sa chambre pendant des années. Jamais. Il restait cloîtré, toujours seul. Elle avait demandé autour d'elle quel était le meilleur psy des environs, on lui avait fourni ton nom.

– Vous faites aussi des visites à domicile ?

– Non, mais pour un enfant qui ne sort pas, je ferai une exception.

Les premières fois, tu es allé là-bas et il ne t'a pas laissé entrer. Vous êtes restés muets, toi d'un côté de la porte fermée, lui de l'autre. Ça a dû se passer comme ça pendant plusieurs séances. Toi qui arrives, qui frappes à la porte : « Je suis là », et lui qui s'approche, tu ne le sais pas et tu ne le vois pas, mais il s'accroupit de l'autre côté du battant et pose son oreille contre le bois. Il s'assure que c'est vrai, il ne dit rien pendant le reste de l'heure.

«Je reviendrai la semaine prochaine, d'accord ?»

Et sans que tu le saches, il écoute tes pas s'éloigner.

Comment ils sont, les cheveux d'un enfant qui ne sort pas de sa chambre depuis des mois ? Et quels yeux il a ?

Et puis au bout d'un moment, tu lui as parlé des jouets. Tu lui as dit qu'ils appartenaient à ton fils : à moi. Qui avait à peu près le même âge que lui. Que tu les avais dans ton sac. Qu'ils étaient beaux. Ou intéressants. Ou énigmatiques, qui sait comment tu les lui as présentés. Et qui sait comment l'idée des jouets t'est venue.

Et lui, au bout de quelques semaines pendant lesquelles il a quoi qu'il en soit continué à se taire, il a dit :

– Parlez-moi des jouets.

Sa mère m'a raconté que tu les lui décrivais chaque semaine, tels qu'ils étaient. Tels que je les avais choisis, sans rien savoir.

« Cette fois, il nous a prêté un dinosaure. Vert. Aujourd'hui, un monstre avec une pince de crabe à la place du bras droit... »

Un Maître de l'univers. J'en avais plein. Celui-là me plaisait. Je me souviens très bien du jour où je te l'ai prêté. Pourquoi les monstres plaisent aux enfants ? Ceux-là mêmes qui les terrorisent ? Pourquoi ils sont attirés par l'obscurité qu'ils voudraient aussi repousser ? Et un adulte, il les comprend encore, ces choses-là ? Lui, il peut dire sur un ton convaincu : « Alors, celui d'aujourd'hui est magnifique, comme monstre ! »

L'enfant a continué à ne pas sortir de sa chambre. Sa mère lui apportait à manger, elle laissait l'assiette devant sa porte, il la prenait et la rendait vide. Même ses besoins, il les faisait comme ça.

Qui sait s'il était toujours nu.

J'ignore combien de temps cette chose a duré. Peut-être des années. Au bout d'un moment, tu as commencé à prendre les jouets sans me les demander. Je ne jouais plus avec. Je n'avais gardé que les Lego, ceux que j'utilise encore maintenant, quand j'essaie d'assembler les bons mots comme des briques emboîtables. Tous les autres jouets, on les avait remisés dans la cave. Quand tu en avais besoin pour travailler avec lui, tu descendais en chercher. Voilà ce que tu faisais. C'est pour ça que je ne le savais pas. Parce que, pour finir, vous avez trouvé le monstre adapté.

Le jour de ton enterrement, cette femme m'a dit :

– Et puis un soir, dans sa chambre, mon fils s'est mis à hurler : « Le docteur ! Appelez le docteur ! » et on a téléphoné à ton papa, qui s'est précipité chez nous. Très inquiet. « Il ne va pas bien ? » il nous a demandé. On lui a dit la vérité : qu'on ne savait pas, qu'il était toujours enfermé, qu'il n'ouvrait pas. « Appelez une ambulance » et puis il s'est mis devant la porte. Il a frappé, il a dit : « Je suis là. » Et mon fils lui a dit : « Entrez, docteur. »

Et tu es entré.

★

Spassky n'est pas un figurant, papa. Je le comprends maintenant, de même que me paraît évidente la raison pour laquelle j'aime cette histoire : parce que j'ai peur de rester seul face à la fascination de Bobby Fischer. Et parce que la nature de ton geste – entrer dans la chambre noire du fou, franchir la frontière de la raison, tendre une main et dire « Je suis là » – a aussi quelque chose à voir avec Boris.

Qu'il soit entré dans le cagibi avec Bobby, qu'il ait réussi – il est le seul à en avoir eu la force – à soutenir son regard. À croire que tout n'était pas perdu en lui, mais qu'un geste était encore possible. Un geste dépourvu de la teinte vive de la rédemption, ça oui, mais quoi qu'il en soit possible. Le coup du fou : celui d'un homme qui risque sa peau – et sa gloire de champion du monde – pour essayer de se faire le père d'un esprit apeuré. Vaincu. Peut-être naufragé.

Tu es et tu restes mon père, papa. Le sort ne change pas la nature des choses. Je te retrouve dans ce que tu m'as enseigné, dans les souvenirs qui ont ton parfum. Dans les gestes qui ont le sens des pères. Voilà pourquoi quiconque tend la main à un perdant en disant « Je suis là » – cette chose qui, en russe, a le son du verre brisé, « *Ya zdes* » – le fait avec une voix qui est pour moi la tienne.

Une voix de lumière.

Chapitre treize

Marley était mort, pour commencer.
Charles Dickens, *Cantique de Noël*

Et maintenant revenons à la fable : *L'Iliade*. Il y a une question que j'ai survolée jusqu'à présent mais qui s'impose désormais, à laquelle il n'est du reste pas si facile de répondre. La voici : Quand ?

Quand l'affrontement entre la férocité et la ruse a-t-il lieu ? Quand les adversaires – et non les ennemis – se défient-ils vraiment ? Et quand Homère parle-t-il de Bobby Fischer et de Boris Spassky ?

C'est très mal formulé. La vérité, c'est que je ne sais pas comment l'exprimer au mieux, cette question cruciale. Peut-être comme ça, de la façon la plus simple, presque enfantine : quand Achille et Ulysse se mesurent-ils, arrivent-ils au conflit ? Et où ce dernier a-t-il lieu ? Quand est-ce que deux héros comme Bobby et Boris, chez Homère, vont dans leur Islande, une île hors du monde, loin de tous, pour se battre métaphoriquement – pour jouer aux échecs – dans le cagibi ? On a construit toute une trame de recoupements et de parallélismes, mais où se trouve-t-il, dans *L'Iliade*, le croisement féroce entre Achille et Ulysse ?

Là où personne ne s'y attend. Là où personne ne peut l'imaginer.

Dans la tente d'Achille. La tanière du loup. Dans la tête du guerrier, où plus personne n'a la moindre chance. De l'autre côté de la porte d'une chambre d'enfant. Close depuis des mois, pour commencer.

★

C'est Achille – plus Achille que ça, impossible. C'est le chant IX, c'est *L'Iliade*.

Le Péléide est comme une statue, torse nu, immense, glorieux. Il boit du lait. Une cape drape ses épaules, ses beaux cheveux flottent au vent. Et dans la plaine de Troie, entre les roches noires, les cendres des feux de guerre, loin du champ de bataille, il joue de la cithare. Et il chante. La musique le détend. Sa voix est mince.

Ça fait des jours qu'il n'a pas combattu. Achille se refuse. Il se sent offensé. Personne ne semble le comprendre, ce n'est pas un caprice d'amour : c'est une question de principe concernant son art. Il s'entraîne, bien sûr, même la nuit. Il a des muscles galbés, des jambes puissantes, le rictus féroce d'un sourire sans lèvres. Mais il ne se rend pas sur le champ de bataille.

Il chante et boit du lait. Parce que la guerre, on la mène à ses conditions, sinon il ne se bat pas. Exactement comme Bobby. Et quelles sont ses conditions ? Briséis. Récupérer son esclave, la femme qu'il aime et qu'Agamemnon lui a enlevée – par dépit. Achille dicte des conditions claires et impossibles : soit le roi me donne ce qu'il m'a pris et qu'il veut maintenant pour lui-même, soit je ne me bats pas pour lui.

Sauf que sans lui, la guerre tout entière est perdue.

C'est ainsi qu'Ulysse le rejoint dans sa tente, dans l'antre du fou, dans le cagibi à balais. Le seul lieu au monde qui ne fasse pas partie de ce monde : la tente d'Achille, une petite pièce blanche en Islande, l'île où le temps n'existe pas.

Aucun guerrier ne peut rivaliser avec *le* guerrier. Envoyez-lui les plus forts et Achille les massacrera 6-0, 6-0, 6,5-2,5. Tel Fischer avec les légendes russes. Voilà pourquoi il faut le combattre sur un autre terrain. Sur le plan rhétorique, logique, stratégique. Tactique. Dialectique. En recourant à l'art de la persuasion. Pas en rase campagne. C'est un stratège, et non un guerrier, qui doit le défier. Quelqu'un qui l'affronte non avec des armes, mais avec une stratégie. Et qui peut le faire, sinon le plus intelligent de tous, le plus sage, un génie – plus que ça –, le champion du monde de stratégie ? C'est pour cette raison qu'Ulysse y va.

Et voici ce qui se passe. Voici le dialogue impossible entre Spassky et Fischer, si on veut faire parler leurs coups sur l'échiquier dans la langue d'Homère.

Voici qu'ils s'assoient, voici que tout commence.

– Salut à toi, Achille, divin prince.

Les voici. Vous les percevez, les manières élégantes de Spassky ? C'est à lui d'ouvrir, avec les blancs. Vous le voyez, le pion en d4 ? Un coup raffiné et puissant. Un coup juste et approprié. Salut à toi, divin Bobby.

Pion en d4. Le défi a commencé.

Et voici Achille qui l'accueille, suave. En jouant de la cithare, en offrant du lait de chèvre et du miel. Et voici Bobby qui montre la marchandise, le cavalier : la première pièce déplacée pendant le championnat du monde. Pion en d4, et Bobby répond en déplaçant le cavalier, la pièce en forme de cheval si chère à Ulysse, comme chacun sait. Un coup très prudent.

– J'ai fait doubler le gros lot du championnat, lui dira Fischer. Si c'est toi qui gagnes, cet argent est pour toi.

Les yeux dans les yeux, c'est ainsi que se regardent les adversaires.

Encore Spassky. Autre coup élégant : un pion en e4. Il occupe tout le centre de l'échiquier. Quelle belle action, Ulysse. Une action qui, chez Homère, prend cette forme : « Je ne suis pas venu ici, hélas, pour ta musique, ni pour boire avec toi ton lait de chèvre, ni pour regarder la magnificence de tes chevaux. Un immense désastre est devant nous, et ce désastre est la guerre. Et nous avons peur qu'il soit difficile, si tu ne reprends pas les armes, de sauver les navires des Achéens. Et nous mourrons. Nous tous. Mais si tu le veux, il est encore temps de sauver les Achéens. Avant que le mal soit sans remède. »

Et voici la stratégie d'Ulysse pour battre Achille, c'est-à-dire l'amener à faire ce que lui-même veut, ce à quoi son adversaire se soustrait. La flatterie. La flatterie et les cadeaux. Un défilé de pions. Des compliments, des mots de miel. Voici ce que dit Ulysse, voici les paroles d'Homère : ce sont des vers et des vers de sublimes hyperboles. Des vers et des vers de sublimes cadeaux, pourvu qu'Achille perde le duel rhétorique en se pliant à la volonté d'Ulysse. C'est une partie d'échecs : tu ne veux pas faire une chose, moi je te convaincs de la faire, je gagne.

Et Achille, furieux, fou, défié sur un terrain qui n'est pas le sien, l'art oratoire sublime dont Ulysse est maître, les sophismes, le dialogue platonicien, la maïeutique, les finesses baroques d'un génie, Achille beau et terrible, monstre sans lèvres et pourtant magnifique, sous le regard perçant et fixe de son adversaire, l'homme qui sait hypnotiser n'importe qui, résister aux cyclopes, aux sirènes, aux sorcières, l'homme qui surpasse tout autre en intelligence – le champion du monde d'échecs –, Achille ne fait qu'une seule chose : il revêt sa cuirasse de sang.

– Tu vois, Ulysse, il dit, je hais comme les portes d'Hadès celui qui pense une chose et en dit une autre.

Il fait la Benoni. Le fils de la douleur. Il se fait piquer par les moustiques avant de les torturer et de les écraser.

– Porte tes mensonges ailleurs, là où je ne peux pas les entendre. Laisse tes petits jeux de stratège aux magiciens babyloniens ou aux enchanteurs. Éloigne ces fausses paroles de mes oreilles. Je suis Achille, le fils de la douleur.

Le voilà. Le coup inattendu. Absurde. L'ouverture Benoni d'Achille.

Le voilà, Achille, qui cloue sur place, en mots, en logique, le plus grand stratège de tous les temps : Ulysse le manipulateur, le roi d'Ithaque. Spassky le stratège, Boris Dix, le tsar des échecs.

« Je hais comme les portes d'Hadès celui qui pense une chose et en dit une autre. Supprimons des échecs tout ce qui n'est pas les échecs, Boris. Voici mes conditions : supprimons la Russie, supprimons les États-Unis, supprimons la guerre froide, les journaux télévisés et radiophoniques, les photographes, les journalistes, les femmes, l'argent, supprimons le monde, supprimons toutes les fictions, toutes les superstructures, supprimons le palais des sports, supprimons les fans, supprimons les invités et les amis, les assistants, supprimons tout ce qui n'est pas la *vérité*. Défions-nous sur un terrain qui ne soit rien en dehors des échecs. Juste toi et moi, et les échecs. Je veux juste jouer aux échecs, c'est ça ma vie. Et si ce n'est pas possible, alors je n'existe pas. Et tout se termine. »

« Le mieux, c'est de ne pas être né, dit le fils de la douleur. Mais s'il nous faut vraiment être, qu'au moins ça dure très peu. »

« Je hais comme les portes d'Hadès celui qui pense une chose et en dit une autre, Ulysse ! Va voir ton roi, Agamemnon. Dis-lui que je ne bougerai pas de ma tente. Que demain, à l'aube, mes navires partiront. Que je rentrerai chez moi. Que je vivrai sans honneurs, sans gloire, sans richesses, sans ses cadeaux empoisonnés. Que je mourrai vieux et rassasié d'années, que plus rien ne m'intéresse sinon la paix et la tranquillité. Je suis le fils de la douleur. Arraché à mon enfance, jeté nu dans une obsession, plongé tout entier dans le Styx bouillonnant de sang. Utilisé par vous pour mener une guerre mondiale qui ne me concerne pas, votre instrument au service d'intérêts qui ne sont pas les miens. Vous exploitez à votre avantage ma force démesurée, mais vous me dégoûtez. Tes mots, Ulysse, n'ont aucune prise sur mon corps tant qu'il est nu. Je défends le vrai, tu m'attaques avec les armes du faux, du mensonge et de la duperie. Tes mots aiguisés sont de glace, mais je suis feu coagulé, magma fait roche. Maintenant, je ne veux que ma vie. Laisse-moi être le fils de la douleur. Si tu veux, tu peux souffrir avec moi, ici, dans le cagibi à balais, je t'attends. Ou t'en aller raconter à la ronde que tu as gagné, tout en sachant dans ton for intérieur que tu n'as pas joué. Telles sont mes conditions. »

Le fils de la douleur.

Le fils de la douleur, qu'il soit Achille ou Bobby Fischer, abat Ulysse en une seule phrase. En un seul coup déstabilisant. En une seule action : la vérité. « Tu es d'accord, Ulysse, pour te mesurer sur le terrain du vrai ? »

Quel coup jouera Ulysse, maintenant ?

Ulysse, paralysé par le talent géant de ce fou colossal, cloué à l'intérieur de ses paroles mêmes, ne peut faire qu'une chose. Une seule. Celle que Spassky fera à la fin de la sixième partie.

Chapitre quatorze

– Doc', tu étais tellement cinglé
il y a un tiers de siècle.
Comment ça se fait que tu sois
si manifestement OK maintenant ?
Et il a dit :
– Mon cas n'était pas grave.
Kurt Vonnegut et son fils Mark[1]

Quatrième partie, mercredi 19 juillet : match nul.

Cinquième partie, jeudi 20 juillet : Spassky abandonne pour éviter un autre échec et mat.

Le score est maintenant fou : deux et demi à deux et demi.

Non, c'est clair, ils ne sont pas à égalité : Spassky a toujours l'avantage, bien sûr, même en cas de match nul, il restera champion du monde. Il pourrait faire partie nulle à chaque fois qui leur reste et l'emporter tout de même. Il est en mesure d'y arriver. C'est un parfait stratège. Il peut gagner par stratégie. Il peut tout à fait tuer la rencontre à coups de parties nulles comme le faisait Petrossian.

1. Dans sa jeunesse au début des années soixante-dix, Mark Vonnegut a passé une très longue période enfermé dans un asile canadien pour cause de schizophrénie. Ce dialogue avec son père a lieu alors qu'il a non seulement recouvré la santé mais aussi obtenu un diplôme de médecine.

Toutefois, quelque chose a changé. Depuis qu'il joue dans le cagibi à balais, depuis qu'ils se sont isolés du monde pour entrer dans la tête de Bobby, quelque chose a vraiment changé. Et les Russes le savent, c'est maintenant à eux d'inverser la vapeur.

« Bobby est magnétique », « Vu de près, c'est un animal », « Ses yeux ont quelque chose de noir, quelque chose de très, très inquiétant ». Boris le dit souvent, trop souvent.

Au bout d'un moment, les Russes, quand le score est de deux et demi partout, ont un soupçon : et si Boris ne parlait pas par métaphores ? S'il décrivait quelque chose de concret qui se passait *réellement* pendant les parties ? Oui, mais quoi ?

Les Russes y réfléchissent, se réunissent, regardent toutes les photos des défis précédents. Et tout à coup ils comprennent. « Voilà pourquoi ce salaud ne voulait pas de caméras ! » Bref, les Russes n'ont aucun doute. Ils se persuadent en bloc que Fischer hypnotise Spassky pendant les parties ! Oui, carrément : qu'il l'hypnotise. *Boris… Tu m'entends… C'est Bobby… Et maintenant avance doucement ton pion en d4…* des phrases murmurées avec la force de l'esprit et perçues par le subconscient de Spassky.

Ils sont même sûrs de savoir comment Fischer s'y prend. « Son fauteuil ! relié au système d'éclairage. Quand Bobby se balance – en effet, il se balance sans arrêt –, les lumières clignotent et ça étourdit Boris ! »

Voilà pourquoi il ne voulait pas de caméras, pour faire ça sans que personne puisse s'en apercevoir !

On est en 1972, c'est la guerre froide, chéri.

Bref, la scène se drape d'absurdité. Avant la sixième partie, les hommes du KGB demandent l'autorisation de contrôler le fauteuil de Fischer. En réalité, la requête est plus complexe : ils demandent à pouvoir démonter et analyser PIÈCE PAR PIÈCE le fauteuil spécial que Fischer s'est fait envoyer tout droit des États-Unis. Le fauteuil de chez lui, le seul sur lequel il accepte de poser son cul. Parce qu'il ne se fie à aucun autre. Où qu'il aille jouer de par le monde, il est soit debout, soit assis dans son fauteuil en acier et cuir noir. Il peut accepter à contrecœur des échiquiers à cases de 57 millimètres, voire qu'on n'essuie pas ses pièces tous les dix coups, comme il le réclame souvent, mais seulement tous les quinze. En revanche, qu'il neige ou qu'il vente, il faut qu'il puisse s'asseoir dans son fauteuil.

Quand les Russes lui adressent cette requête, il y a fort à parier que Bobby l'entend comme ça : « Ils m'accusent de tricher. » Il le pense, ça ne fait aucun doute. En effet, c'est bien à une accusation voilée qu'il a affaire. Allez comprendre comment et pourquoi il répond :

– Je vous en prie, faites donc.

C'est mystérieux. Oui, comment et pourquoi, ça reste une question insondable. Le fait est qu'il accepte que les Russes mettent les mains sur son fauteuil magique.

Et les Russes – LES RUSSES ! – démontent celui-ci pièce par pièce, décousent l'assise, farfouillent dans le caoutchouc-mousse, contrôlent chaque rainure du fer. Ils le passent même aux infrarouges, par deux fois. Pièce après pièce. « Cette merde, ils disent, c'est les gars de la CIA qui l'ont apportée ici. Qui sait ce qu'ils ont fourré là-dedans… »

Ils finissent par le trouver. Et même, ils en trouvent deux. Dans une fissure minuscule du fauteuil, reliés et entrelacés. Filamenteux.

Des micros ? Non : des insectes. Ils trouvent deux mouches mortes. Allez savoir depuis combien de temps elles sont là. Collées à une croûte poisseuse de vieux lait.

Ou du moins, les Russes espèrent que cette cochonnerie jaunâtre est du lait.

Le logement de Fischer, d'où provient le fauteuil, est une sorte d'entrepôt poussiéreux où il n'y a que des échiquiers de toutes sortes, des livres sur les échecs, de la poussière, des souris et des cartons vides de lait Holland ; un matelas jeté sur le sol : c'est là qu'il dort. Ne trouver *que* deux mouches mortes, c'est déjà une chance.

Le lendemain, les journaux satiriques s'emparent de l'affaire comme s'ils avaient déniché le scoop absolu de l'année. Les caricatures de Bobby avec des rayons laser lui sortant de ses yeux, on les trouve partout. Les plus hardis proposent des titres comme « Qui a tué ces deux mouches ? Et pourquoi ? Moscou prend les mouches pour des mouchards. Complot ? Le Kremlin s'agite... ».

La presse américaine s'en donne à cœur joie, avec l'histoire de la radiographie du fauteuil.

Même Bobby semble amusé. Surtout parce qu'il le sait : ces mouches ont encore toutes leurs pattes ; ce qui, bien entendu, le blanchit de toute accusation.

« Si vous voulez bien le nettoyer, le remonter et nous laisser jouer », il finit par dire. Et les Russes le remettent en état, plus rutilant que jamais.

⋆

Dimanche 23 juillet, juste Fischer et Spassky, tout recommence.

C'est à Bobby d'ouvrir avec les blancs. Il s'assoit, ponctuel, il serre la main de Boris puis il le fait encore une fois. Il étonne le monde entier. Pas parce qu'il se comporte de façon polie, Bobby peut tout faire, même changer d'humeur en un instant, non. Il fait une autre chose inédite pour lui : une ouverture anglaise.

Il ouvre avec son pion en c4. On peut aussi le dire comme ça : il fait avancer de deux cases le pion du fou de la dame. Ou bien comme ça : pensez à un boxeur qui a toujours frappé du droit – vous connaissez sur le bout des doigts la force brute de son crochet droit – or maintenant qu'il se présente de face, vous le regardez bien et : « Oh putain, il est gaucher. » Vous l'aviez bien étudié, et voilà qu'il bouge de façon diamétralement opposée.

C'est une surprise. Lorsqu'il jouait avec les blancs, Fischer avançait le plus souvent le pion du roi de deux cases (en e4) ; sa carrière n'a en effet compté que de très rares exceptions à cette règle. Quand un adversaire se préparait à affronter Fischer, un entraîneur ou un autre lui lançait la question suivante : « Qu'est-ce que tu ferais si Fischer, avec les blancs, jouait une ouverture anglaise ? » Et tout le monde répondait sur le même ton : « Tu sais de qui tu parles ou quoi ? Ne perdons pas de temps avec ces bêtises, Fischer est fou mais jamais il n'ouvrira comme ça ! »

Or Fisher, au début de la sixième partie, ouvre comme ça : à l'anglaise. Il renonce à son jeu habituel. Supérieur à lui-même, il joue d'une nouvelle manière. Il mène une attaque lente et enveloppante, comme une marée gonflée de beauté et de talent. Il pousse les pièces de Spassky à des endroits de l'échiquier où elles ne peuvent rien faire. Si ce n'est assister à la merveille. Dans cette partie chef-d'œuvre, Boris est en position de second rôle plutôt que de co-auteur de la merveille. Fischer exécute un modèle de très haute précision. Magnifique. Sublime.

Jusqu'au sang, parce que les échecs sont toujours une affaire de sang. Jusqu'à l'inévitable dénouement : Bobby Fischer met Boris Spassky échec et mat.

Et dans ce silence irréel où personne n'ose même respirer, à New York, les joueurs d'échecs du parc – enfants, adultes, personnes âgées, tous ! – se lèvent et ne crient pas, ne hurlent pas, n'exultent pas : ils applaudissent. Et Bobby en entend le son. Étonné. Comme un pétard.

Dans le palais des sports bondé, à l'écart des deux joueurs, un millier de personnes, Américains et Russes ensemble, se lèvent et frappent dans leurs mains. Et Bobby entend ce son.

Le monde entier ne peut faire que ça : se lever, frapper dans ses mains. Et Bobby entend de nouveau ce son.

Ensuite, il entend le son le plus impossible, celui que personne n'a jamais entendu et n'entendra plus jamais. Le son de deux mains qui se rapprochent, se touchent et s'éloignent, à répétition : le son d'un applaudissement chaleureux et sec. Celui de Boris Spassky. Beau, dans sa veste impeccable. Debout, seul devant son adversaire, Bobby Fischer. Il l'applaudit.

Fischer, vingt-neuf ans : vous le regardez et lui en donneriez douze. Spassky, trente-cinq ans : vous le regardez et on dirait votre grand-père.

Bobby le voit, là, son adversaire. Debout devant lui. En train de l'applaudir. De lui rendre hommage. Un véritable hommage. Sincère. Quelque chose explose dans son cœur. Il craque. Il s'enfuit.

Il rentre à l'hôtel en hâte, dehors la foule voudrait le toucher, il s'échappe. Quelqu'un lui barre le chemin, voudrait le photographier, l'interviewer. C'est un taureau, s'il passe près de vous en courant et vous heurte de l'épaule, vous vous retrouvez à l'hôpital. Il s'enferme dans sa chambre, claque la porte si fort qu'elle sort presque de ses gonds. Il ne veut parler à personne. Certains l'entendent hurler. Pleurer. C'est un loup blessé.

Qu'est-ce qui se passe, Bobby? Qu'est-ce que tu as ressenti?

Il sort marcher, la nuit, il retourne sur cette prairie, sur ce rocher, avec vue sur l'océan. Seul Lombardy le rejoint. Bobby a les yeux rouges, il n'a pas mangé. Il a vomi. Il est épuisé.

– Tu sais ce que Spassky m'a fait? il murmure à Lombardy.

– Qu'est-ce qu'il t'a fait, Bobby?

Il ne répond pas.

– Qu'est-ce qu'il t'a fait, putain, pour te mettre dans cet état? demande Lombardy, qui ne sait que penser.

« Et maintenant, il va se vexer, il voudra abandonner, juste maintenant, alors qu'il a l'avantage ! Ces enfoirés de Russes, putain qu'est-ce qu'ils lui ont fait ! »

– Il m'a applaudi, William. Il m'a applaudi.

Et Bobby éclate de nouveau. En sanglots.

Pourquoi on n'a jamais parlé de Spassky, papa? C'est lui le vrai centre, tu sais?

★

C'était aussi arrivé à Achille. Achille « pied féroce ». Après sa victoire la plus écrasante. Il a tué Hector, percé ses talons, passé une lanière de cuir dans ces trous de chair, d'os et de sang froid; il a attaché ce cadavre à son char de guerre, fouetté les chevaux – encore ces chevaux... – et fait dix fois le tour de la forteresse d'Ilium, déchiquetant ce corps dans la poussière, l'abandonnant aux corbeaux et aux loups. Il a démontré qu'il était le dieu de la guerre absolue et il exhibe maintenant toute sa férocité devant ses ennemis. Il est sur le point d'être abattu par un geste humain, et il ne le sait pas encore. Il est sur le point d'être frappé par une flèche empoisonnée, et il ne le sait pas encore. Il est arrogant. Il hurle. Et à l'intérieur de la forteresse, ceux qui l'entendent hurler voudraient se cacher.

La même chose arrive donc à Achille, qui a déchiqueté – en dieu vengeur – le cadavre d'Hector.

Ça se produit quand Priam le rejoint dans sa tente, maintenant. Vous le voyez écarter les tentures, le vieux roi troyen, le père d'Hector ? Un vieillard faible, fragile. Le plus âgé de tous. Il doit avoir soixante-dix ans. Achille : un adolescent. Il pourrait claquer des doigts et arracher sa tête de son cou. Il pourrait le mettre en pièces. Échec et mat au roi. Quelle occasion serait plus facile ? Le roi ennemi est là, dans sa tente. Vous le voyez entrer, avec sa couronne et son sceptre ? Le roi noir à un pas d'Achille : le fou blanc. Il est là, à portée de lance. À portée de fou.

Et Priam, infiniment humble et honnête, face à Achille, l'homme qui a tué quarante-neuf de ses cinquante fils, ne lui rend pas hommage, ne le flatte pas, ne le révère pas avec de fausses paroles, ne fait pas étalage d'art rhétorique, n'a d'autre stratégie que celle-ci : se jeter à ses pieds. Il reconnaît sa grandeur et sa supériorité par un geste, pas par des mots. En parole, il lui demande juste de lui rendre le cadavre de son fils préféré, le glorieux Hector. Pour permettre au moins au père – qui ne devrait jamais survivre à la mort de son fils – d'enterrer sa dépouille.

Et Achille, le guerrier furieux, fou, indomptable, redoutable, sanguinaire et féroce, Achille qui pourrait enfoncer ses dents dans la nuque de Priam pour arracher sa cervelle chaude, se jette à terre. Lui. Le vainqueur. Le divin héros est terrassé par un geste aussi humain. Priam pleure, Achille pleure avec Priam. Sous la tente du fou. Puis Achille relève cet homme. Il voit dans ce vieillard une chose qui lui est refusée : l'amour d'un père.

Un lien d'amour entre hommes, entre père et fils. Le signe du père.

★

– Tu as vu ce que Priam m'a fait ? Achille dit à l'un des Myrmidons. Il m'a montré ce que c'était qu'un père.

Achille fait tout, il dresse le bûcher, ordonne les rites solennels pour Hector, lequel lui sera toujours supérieur en ceci : le fait d'avoir un père, un grand-père qui a su lui apprendre avec des caresses à jouer aux échecs. Et c'est Achille qui dépose sur le bûcher le corps d'Hector, après l'avoir recomposé et oint d'huile sacrée.

Un détail du texte d'Homère donne le frisson : Achille, qui a déchiqueté Hector, le revêt maintenant d'une armure, comme il sied aux héros lorsqu'on les incinère. Sauf que celle dont il l'habille est la sienne propre. Celle qu'Hector a prise à Patrocle, qui l'avait portée pour se faire passer pour Achille. Le Péléide brûle son ennemi juré vêtu de lui-même. Les dieux sont devenus des maladies. Nous sommes aussi notre ombre. Nous ne sommes pas fascinés par les monstres, nous reconnaissons simplement en eux une partie de nous-mêmes.

Et Achille pleure. Il pleure et vomit toute la solitude dont il est fait. Achille, en dehors de la guerre, est le plus faible des hommes. Or la guerre est finie. Elle est finie parce qu'il l'a gagnée. Et maintenant il est perdu.

Fischer aussi, en dehors de l'échiquier, est le plus fragile des êtres.

Ce sont des monstres que rien ne rend plus seuls que la solitude de ne pas avoir de père. Rien ne les terrasse davantage qu'un vrai geste paternel.

Les gens comme Achille, comme Bobby, vivent seulement dans une autre réalité : il n'est pas de pire malédiction au monde. Là, ils sont seuls.

⋆

Trois et demi à deux et demi.

Maintenant, Bobby Fischer a l'avantage. Maintenant, le monde qu'il refuse attend de couronner son roi.

Chapitre quinze

Les hommes croient moins en Dieu que les femmes et les enfants,
c'est une question de concurrence.
Mon père n'admet pas que Dieu soit aussi mon père.
Aglaja Veteranyi, *Pourquoi l'enfant cuisait dans la polenta*

Un des souvenirs les plus intenses que je garde de mon père concerne sa voix. Pas le ton ni le son – qui se souvient d'un son, qui saurait le décrire ? – mais l'intensité, oui, je l'ai tout entière dans ma tête. C'est une question de peau plus que d'oreille. Sa voix était prodigieuse, très puissante. Mon père avait une voix explosive. L'entendre crier, ça donnait le tournis. Une fois, il a fait fuir des voleurs à la tire en hurlant.

En classe de 6e, je m'étais lié d'amitié avec un voisin plus âgé. Un garçon qui faisait très souvent une chose interdite : jouer avec des pétards. Très gros et très bruyants. Et dangereux, bien sûr. Certains, qui avaient davantage l'air de bombes, faisaient carrément voler des mottes de terre. Moi, je le laissais faire, je me bouchais juste les oreilles. C'est tout. Et je tremblais, fasciné, à chaque explosion.

On ne peut pas dire que ça plaisait beaucoup à mon père. Les pétards. Alors un jour où il nous a trouvés ensemble, il a attendu que mon voisin en fasse exploser un dans notre cour. Assez puissant, pas une petite amorce de rien du tout. De ceux qui étaient interdits. Mon père ne s'est approché qu'après la détonation.

On avait déjà découvert l'existence de la tumeur. Il avait été opéré une première fois, il était chauve, les chimiothérapies l'avaient amaigri. Certains jours, il ne pouvait marcher qu'avec une canne. Ou un déambulateur. Il n'avait pas l'air malade, mais très fragile.

Il a demandé au jeune voisin ce qui lui plaisait tant dans les pétards.

– Le boucan ! il a répondu.

– Eh bien dans ce cas, mon père a dit, tu peux faire ça.

Et il a hurlé. Sans prévenir, il a ouvert la bouche en grand et hurlé « PAN », sec, puissant. Une chose que je n'avais jamais entendue auparavant. Une véritable explosion. Mon copain a été terrorisé, même moi j'étais estomaqué. Quelle puissance ! Et comme c'était physique, palpable : ce *pan* aurait pu nous jeter à terre, comme une raclée.

Avant de s'éloigner, il a ajouté :

– Si tu fais ça, le boucan est le même. Mais tu ne risques pas de perdre une main.

En écrivant cette histoire, j'ai téléphoné à un ami proche de mon père. Ça faisait des années qu'on ne s'était ni vus ni parlé. Un psy lui aussi. Il était présent chez nous au lac ce jour-là. Celui où j'ai entendu le nom de Bobby Fischer.

Je voulais lui demander s'il se rappelait précisément ce qu'ils s'étaient dit et la raison pour laquelle ils en parlaient. Si mon père savait jouer aux échecs. Et, surtout, s'ils avaient mentionné Spassky.

L'ami de mon père, au bout du fil, a été bouleversé. Pendant de longues minutes. Pas par la question. Mais par une chose à laquelle je ne m'attendais pas du tout. Il a dit :

– De t'entendre parler, ça me coupe le souffle. Tu as la même voix que ton père.

Puis il a ajouté :

– Identique !

★

On en a plaisanté. On savait très bien que la question était délicate : pour moi, il s'agissait de la voix de mon père, pour lui, c'était celle d'un ami mort jeune qui revenait lui parler au téléphone. C'est justement pour ça qu'on l'a fait : pour prendre de la distance. Pour exorciser le démon qu'on avait convoqué.

Puis on est revenus au *vrai* motif du coup de fil :

– Pourquoi on parlait de Bobby ? Parce qu'il était fou. Nous, on ne faisait que ça, parler des fous.

Je lui ai quand même demandé si mon père ne travaillait pas par hasard sur un « cas » analogue. S'il n'avait pas en thérapie quelqu'un qui, d'une certaine manière, pouvait correspondre au « paradigme pathologique » de Bobby Fischer. Si la raison pour laquelle ils parlaient de ce match n'était pas plus profonde, peut-être, qu'une simple conversation entre amis au sujet d'une rencontre sportive.

C'était en 1985 ou 1986 : pourquoi évoquer un événement de 1972 ? Il devait bien y avoir une raison, non ?

Il m'a répondu qu'il ne s'en souvenait pas, qu'il y avait un tas d'Américains parmi eux, que le groupe de mon père se disait « de gauche » et que de vieilles histoires d'Américains et de Russes revenaient toujours sur le tapis à l'époque. C'était comme des querelles de supporters. Il a dit que de toute façon, même s'il se rappelait quelque chose, jamais il ne discuterait avec moi des cas sur lesquels ils travaillaient :

– Tu sais, le secret professionnel…

– Je sais, mais moi, j'étais là quand vous en parliez…

– Bien sûr, mais tu étais un enfant… maintenant, bref… il me semble que tu n'en es plus un.

J'aurais voulu le complimenter sur sa logique écrasante. En réalité, j'ai juste compris que je devrais me débrouiller tout seul pour le reste du voyage.

– En tout cas, ne laissons plus passer des siècles avant de se rappeler ! Je sais que tu écris ! Sur quoi tu travailles en ce moment ? Allez, on se voit bientôt !

Je ne savais pas quoi répondre. Peut-être une chose sur les gens que je hais autant que les portes d'Hadès. Mais je n'en ai pas eu la force. Et puis ça m'aurait paru exagéré, théâtral. En fin de compte, j'aime beaucoup cet homme.

– Avec plaisir ! j'ai répondu. Dès que j'ai un week-end, je t'appelle.

Je l'ai entendu sourire. Il était aussi clair pour l'un que pour l'autre que c'était un mensonge. Mais c'était sans importance.

Parfois, la vie est une danse qu'on interprète mieux en endossant les vêtements fluides d'Ulysse, plutôt que l'implacable et rigide armure du divin Achille. C'est la voie humaine du compromis. De la survie. Elle ne fait pas de vaincus car elle ne fait pas de vainqueurs. L'essentiel, c'est qu'un tel mensonge permette d'éviter un bain de sang.

★

Ça me paraît la seule chose à faire, si absurde qu'elle puisse paraître. Alors je la fais. En vitesse, pour ne pas avoir le temps de changer d'avis : mes doigts dansent au-dessus de l'écran de mon Smartphone et composent un numéro. Le préfixe, 0322, puis tout le reste. Je le connais par cœur. Depuis toujours. Une fois, à ce numéro, j'ai répondu « *prosciutto* » à Maurizio Costanzo.

★

Eh oui : j'appelle chez moi. C'est-à-dire, dans la maison qui n'est plus la mienne depuis 1993. Car elle est à vendre. J'ai trouvé l'annonce en ligne. Il y avait vingt et une photos jointes. Neuf du jardin. Je les ai téléchargées, imprimées. J'ai mis dedans mes yeux et mes doigts pour permettre à ma mémoire de mieux s'orienter dans cette histoire. Mais je me suis promis de ne pas téléphoner. De ne recourir qu'à l'imagination et à la mémoire : pas de retour. Pas de parcours vers Ithaque. Encore Ulysse. Parfois, pour survivre, on est l'Ulysse de soi-même.

J'ai appris ces photos par cœur, ça n'a pas été un gros effort, rien n'a changé là-bas. Sauf la table de jardin : elle a disparu. On ne la voit pas sur les photos. Je me demande comment ils ont réussi à la déplacer. Elle était gigantesque. En pierre. Immortelle. Et peut-être qu'elle joue elle aussi un rôle dans mon envie d'écrire sur Bobby : rien ne fait mieux ressurgir les histoires que de retirer le bloc qui les retenait prisonnières.

★

Ça sonne. Trois, quatre fois, puis la dame française qui vend ma maison me répond en italien.

Le coup de fil est très bref :

– Bonjour madame, je serais intéressé par la visite de la maison.

– Vous avez vu l'annonce ? Les photos ? C'est une très belle maison, la négociation est confidentielle…

– Bien sûr. C'est pour ça que j'appelle.

– Vous pourriez venir… demain ?

J'accepte aussitôt.

– Vous êtes monsieur… ?

– Fischer, je me surprends à répondre.

– Vraiment ?

Mais qu'est-ce que je fous, bordel ?

– Quand il était jeune, elle reprend, mon mari travaillait dans une quincaillerie… À une époque, on avait des outils Fischer partout dans la maison.

– À demain, madame… et je dis son nom.

Je sais très bien qui elle est, comment elle s'appelle, qui était son mari. Je comprends qu'il n'est plus là, que c'est aussi pour cette raison qu'elle veut quitter un lieu où elle a été heureuse avec lui. Leurs signatures, leurs noms sur l'acte de vente ont représenté pour moi des coups de couteau. Ils ont acheté ma maison, et c'est elle maintenant qui veut la vendre.

– Rendez-vous à seize heures, elle me répond sans me demander comment je fais pour connaître son nom.

Mais ce ne sera que le premier lapsus – ou le second, vu comment je lui ai dit m'appeler – d'une longue série sur laquelle la dame, allez savoir pourquoi, ne posera pas la moindre question.

Chapitre seize

Il y a ceux qui coupent et cousent les pantalons,
ceux qui dressent les lions en cage,
ceux qui partent à la chasse aux escargots :
moi, je fais des trous dans le sable.
Ernesto Ragazzoni

Septième partie : égalité.

Huitième partie : égalité.

Neuvième partie : égalité.

C'est Spassky. C'est stratégique.

Achille a beau être Achille, face à lui, il y a Ulysse.

Spassky se fait mener mais il ne perd plus. Il aligne les parties nulles. Il finira bien par gagner une partie, Bobby fera tôt ou tard une erreur, non ? Alors ils seront de nouveau à égalité et Spassky conservera son titre.

Mais Fischer gagne la dixième partie, Spassky la onzième. La douzième est partie nulle. Fischer gagne la treizième. Vient ensuite une partie nulle. Puis une autre. Bref, sept parties nulles d'affilée.

C'est Boris qui résiste ou Bobby qui n'arrive plus à le couler ? Et si c'était plutôt qu'à partir de là, la sixième, aucun des deux ne veut s'en aller ? Peut-être qu'aucun des deux, maintenant, ne veut que le match se termine. Et si on dansait comme ça pour l'éternité ? Qu'y a-t-il hors d'ici ? L'odyssée pour Boris, qui n'est certainement pas une perspective alléchante. La mort pour Bobby, qui n'est certainement pas le meilleur destin.

À la fin de la vingtième partie (la VINGTIÈME ! Quel supplice !), le score est le suivant : onze et demi à huit et demi. Bref, à la vingt et unième, il suffirait d'un point. Un point suffirait à Fischer pour devenir champion du monde.

Un point.

Un seul échec et mat.

Tout pourrait aussi rester en équilibre à jamais et ce serait mieux pour chacun d'eux, mais quand Achille, à un point de la victoire, sent l'odeur du sang, il n'y a rien de plus fort que la voix du destin. Que la colère funeste.

★

Et la colère funeste s'empare de Bobby à la vingt et unième partie. Alors que près de deux mois se sont écoulés depuis le début. Le premier cavalier, Bobby l'a déplacé le 11 juillet, on est maintenant le 31 août. Jeudi 31 août 1972.

Neuf heures, début de la partie : Lothar fait partir le chronomètre, Bobby Fischer n'est pas là. Il est juste en retard. En arrivant, il dit :

– Il y avait de la circulation.

Deux mois ont passé. Vraiment ? Ce temps s'est vraiment écoulé ?

Oui. Surtout pour les Islandais : maintenant, il n'y en a pas un seul qui ne sache tout sur les échecs. La vingt et unième partie rassemble deux mille cinq cents spectateurs. Plus du double de ceux qui ont assisté à la première. Ils ont augmenté à chaque rencontre. Des flots de touristes sont également arrivés.

Au cours de la vingt et unième partie, il se passe beaucoup de choses, dont la plus intéressante est peut-être celle-ci : Boris renverse son café. Par terre. Il heurte par inadvertance son Thermos et celui-ci tombe.

– Je vais chercher un torchon, il dit.

Mais Bobby l'arrête, lui attrape le bras. Il le fait se rasseoir.

– Tu es fou ? il dit. Tu es le champion du monde d'échecs ! Je t'appelle un assistant.

Et il fait intervenir un jeune homme. Armé d'une serpillière.

⋆

Peut-être qu'il est trop tard pour la raconter, peut-être que c'est le bon moment : la légende selon laquelle les échecs sont issus d'un fait sanglant. La voici :

Ce jeu fut construit à partir de rien par un obscur inventeur, qui l'offrit au sultan. Ce dernier, sans daigner jeter un regard à ce qu'on lui présentait, dit seulement :

– Très bien ! Donnez à cet homme tout ce qu'il demande et congédiez-le !

L'homme fit alors une requête qui sembla très humble à tous.

– Je ne demande que quelques grains de blé, votre altesse. Autant qu'on peut en obtenir en en mettant un sur la première des soixante-quatre cases de l'échiquier, deux sur la deuxième, quatre sur la troisième, huit sur la quatrième… et ainsi de suite.

Le sultan rit. Mais quand ses mathématiciens se penchèrent sur l'opération, ils durent lui expliquer que les greniers du royaume – peut-être même ceux de la terre entière – ne suffiraient pas à satisfaire une telle requête.

– Ah oui ? dit le sultan.

Alors, pour se tirer d'embarras, il fit couper la tête de l'homme.

⋆

Une fois le café épongé, le reste ne suscite pas de grandes émotions. C'est une belle partie, il ne manquerait plus que ça, équilibrée. Il n'y a pas grand-chose à en dire. Sinon qu'elle est exténuante. Et que l'usure des nerfs est évidente. Dans les visages et les yeux de tous. Même du public. C'est un carnage psychologique. Même pour les spectateurs.

Larisa Spasskaya, la femme de Boris, lui fait apporter un Thermos de jus d'orange. Elle est arrivée en Islande le 10 août, en provenance de Moscou. C'est une femme instruite, elle est ingénieur. Elle est venue pour le soutenir. Et puis parce que ça fait des mois qu'elle ne l'a pas vu.

Boris demande la provenance de ce jus. On lui répond :

– Des oranges que votre femme a pressées.

Depuis quelques jours, Boris est obsédé par la possibilité que les Américains empoisonnent sa nourriture et ses boissons. Ulysse aussi, quand il est chez Circé, vit le même cauchemar.

L'atmosphère est à couper au couteau. Jusqu'au quarante-neuvième coup. Deux mois ont passé, ainsi que de nombreuses heures depuis le début de la vingt et unième partie. Il est tard. Il fait presque nuit. Mais à l'extérieur, la nuit ressemble comme d'habitude à une mozzarella de lumière. Ils ont tous l'air lent et endormi, comme des santons.

Il faudrait un coup inattendu, mais ni Boris ni Bobby ne semblent avoir la force de faire quoi que ce soit. Alors c'est Lothar Schmid qui s'en charge. L'arbitre. Il suspend la rencontre :

– Bobby, Boris, ça suffit. Allez dormir. On reprend demain.

De façon incroyable, aucun ne proteste. Ils sont fatigués. C'est vrai. Pire : épuisés.

Ce serait au tour de Spassky. Il prend donc six minutes avant de marquer son prochain coup sur la feuille de partie, il la glisse dans une enveloppe qu'il remet à l'arbitre. Lequel la cachette sous les yeux de Bobby, qui la signe. Tout se passe sous les yeux de la CIA, du KGB et du monde entier. Tout le monde l'a vu.

Bien sûr, dans un climat de guerre froide, tenir dans sa main une enveloppe contenant le prochain coup de la partie, c'est comme posséder le code pour actionner des missiles nucléaires. Mais c'est ainsi qu'on procède : on place ça dans une enveloppe, on la remet à l'arbitre. Qui la range dans le coffre-fort. Gardé par des espions. Et par le contre-espionnage. Les marines sont là aussi. Si les cosaques devaient arriver à cheval et demander « Excusez-nous, pour le coffre-fort à surveiller, ça vous va si on se met là ? », ça n'aurait rien d'étonnant.

C'est ce qui se passe.

Demain, c'est là que la partie reprendra. À partir du coup contenu dans l'enveloppe cachetée. Celui que Spassky connaît, mais pas Fischer.

Je crois que le drame, c'est ça.

★

Une fois le mythique inventeur des échecs décapité, nul ne paya cet acte sanglant plus cher que le sultan. Le lendemain, il vit les pions, observa l'échiquier. Si beaux sur la table en or de son palais. Il se fit expliquer le fonctionnement de ce passe-temps par ses mathématiciens, qui étaient encore en train de l'étudier. Il y joua pendant un jour entier, puis deux. Puis trois.

Pour finir, comme il est facile de l'imaginer, ce fut précisément à l'intérieur de ce jeu qu'il perdit la raison.

Chapitre dix-sept

J'étais déjà réveillée à six heures,
et c'est bien compréhensible
puisque c'était mon anniversaire.
Anne Frank, *Journal*

Les histoires existent parce qu'il manque des morceaux à la vie. C'est pour cette même raison que les rivières coulent : il manque un morceau quelque part, le terrain s'incline, permet à l'eau de glisser, de rencontrer la mer. Qui danse avec ses vagues, parce qu'il manque un morceau à la Terre : la Lune. Et ainsi de suite.

Bobby, après l'interruption de la vingt et unième partie, ne ferme pas l'œil de la nuit. Celle-ci s'écoule mais lui, il reste à l'intérieur de cette partie suspendue. Si l'histoire de cette nuit existe, c'est précisément parce qu'il manque un morceau à Bobby : celui contenu dans l'enveloppe de Boris. Un morceau que le Russe a bien en tête, lui.

Alors Bobby réétudie la vingt et unième partie depuis le début. Il la rejoue, déplaçant les pièces blanches de Spassky, puis les pièces noires, les siennes. Il arrive là où elle s'est arrêtée. Ensuite il continue. Dans le néant. Dans le seul domaine des hypothèses.

Il prévoit. Mais ce ne sont pas des prévisions hasardeuses. Ce sont des calculs. Tous exacts. Parce que Bobby les fait tous. Il n'a aucune idée du coup de Boris enfermé dans l'enveloppe, mais il doit le connaître à l'avance afin de le battre demain ; et il n'y a qu'un seul moyen d'y arriver : en formulant l'hypothèse de tous les coups possibles.

Boris a peut-être déplacé le pion. Bobby fait ensuite des conjectures sur tous les coups qui en découleraient, jusqu'à l'échec et mat. Certes, mais s'il a plutôt bougé le fou ? Alors il calcule aussi ces possibilités. Dans ce cas aussi, jusqu'à l'échec et mat. Certes, très bien. Mais si Spassky a en revanche déplacé le cavalier, la dame ou la tour ? Bobby calcule tout. Et mémorise toutes les variations possibles. « Qu'est-ce qui se passerait si, dans la partie que j'imagine, à un certain moment, au sixième coup, par exemple, Boris déplaçait une autre pièce ? » Il faut ouvrir une autre porte, creuser une autre galerie possible.

Cette nuit, Bobby, fatigué, après une partie de six heures contre Spassky, calcule mentalement et mémorise son développement à venir jusqu'au mat pour chaque coup hypothétique de Spassky et chacune de ses variations. Il a l'habitude de jouer comme ça, seul, il le fait depuis qu'il a sept ans. Depuis vingt-deux ans, sans arrêt. Il ne fait rien d'autre. Jamais. Mais ce qu'il fait, c'est le parcours d'une fourmi qui, partant du tronc d'un séquoia, veut inspecter toutes les feuilles en parcourant toutes les branches, et chaque ramification de celles-ci, et chaque ramification de ramification. Et la pointe de chacune des feuilles.

Les combinaisons qu'il arrive à calculer cette nuit sont au nombre de dix. Ou plutôt dix à la puissance quarante-cinq. À savoir dix suivi de quarante-cinq zéros. Je ne sais pas le dire, un tel chiffre, ce serait impossible[1]. Et le penser, n'en parlons pas.

C'est le nombre impossible, supérieur même à celui des neurones de notre cerveau et des étoiles de notre galaxie. 10^{45}. Il y a moins d'étoiles et de neurones que de coups calculés par Fischer cette nuit, en attendant l'aube. En attendant de découvrir le coup que Spassky connaît déjà.

Si vous faites une chose de ce type – à supposer que vous en soyez capable –, ça signifie que vous faites passer dans votre tête tous les points lumineux de l'univers, vous nommez un par un tous vos neurones, vous vous connectez au cosmos de manière si totale et si rapide – vous le faites défiler comme un ruban entre vos doigts – que la friction générée ne peut produire qu'un seul effet : vous anéantir. Vous brûler vif. Faire bouillir votre cerveau. Tout carboniser. Transformer Achille en trou noir d'énergie pure capable de détruire le tout. Capable de s'engloutir lui-même.

Et Fischer est Achille. C'est ça le noir que tu as vu dans ses yeux, Boris ? Celui du cosmos ?

L'aube se lève lentement. Mais le temps en Islande est une chose qui n'existe pas : il se produit sans être là.

Partie vingt et un, reprise à neuf heures.

Fischer est ponctuel. Éveillé depuis toujours. Il est prêt à tout, il a calculé tout l'univers connu. Il n'y a rien qu'il

---

1. C'est pourtant ce que sont les échecs : le nombre de combinaisons des 32 pièces sur les 64 cases est compris entre 10^{43} et 10^{47} ; le nombre de parties possibles est d'environ 10^{123}. Les grains de blé du monde entier ne suffisent pas, comme le sait le féroce sultan qui a désormais perdu la raison.

ne sache. Et pour quelqu'un comme lui, c'est important de tout savoir. Rien ne peut le surprendre.

Bobby Fischer s'en va-t-en guerre. Il sait tout. Il a fait passer le cosmos par l'entonnoir de son esprit. Rien ne peut le terrasser, sinon le coup de Spassky. Parce que c'est le seul que Fischer n'ait pas calculé.

Spassky abandonne.

Chapitre dix-huit

Sous la lave rester froid comme marbre,
c'est là où l'on voit de quel bois on se chauffe.
Samuel Beckett, *Malone meurt*

« Vendredi 1er septembre 1972, édition spéciale de NBC. Bonsoir. Nous parlerons des nouveaux développements dans l'affaire du Watergate, nous aborderons la guerre au Vietnam et les chiffres du chômage en Amérique. Mais d'abord : Bobby Fischer. Aujourd'hui, nous devions assister à la fin de la vingt et unième partie commencée hier entre Bobby Fischer et le champion du monde en titre Boris Spassky. À la surprise de tous, cependant, ce dernier s'est retiré ce matin sans terminer la partie. Grâce au point ainsi gagné, Bobby Fischer est le nouveau champion du monde d'échecs. »

★

– Bobby…

C'est la voix de Lothar Schmid. Le seul qui ait le courage de s'approcher de Fischer.

– Bobby, vous avez gagné.

Bobby est assis à l'échiquier. Imperturbable. Il attend Boris. Tout à coup, il agite ses jambes, en soulevant bien ses talons et en ne laissant que la pointe de ses pieds sur le sol, dans un geste élastique et répétitif. Il attend Boris, qui n'arrive pas. Le monde est à l'envers : en l'absence de temps, le cours des événements peut s'écouler dans les deux sens.

– Bobby, Boris ne viendra pas. Il a abandonné.

Mais Bobby ne semble pas entendre, il n'écoute pas. Il est seul même dans le triomphe, dans la victoire qu'il a attendue toute sa vie. Parce que le coup de Boris, il ne l'avait pas prévu. Et il ne sait pas quoi faire.

À la nouvelle, le centre sportif se vide, cinq mille personnes s'agglutinent comme des fourmis devant la sortie par laquelle devra passer Bobby Fischer, le onzième champion du monde d'échecs. Ils crient, hurlent, certains frappent la porte de leurs poings. Ils menacent de l'enfoncer. Tous applaudissent. Tous veulent le toucher, le serrer dans leurs bras, l'embrasser. Les femmes veulent l'aimer. Le porter en triomphe.

« HÉ, BOBBY ! BOBBY, TU AS GAGNÉ ! »

Le chœur qui s'élève est digne d'un stade : « Bobby ! », « Bobby ! », vous savez comment sont les Américains, non ?

Les Russes se sont retirés, ils ne sont plus là. On n'en voit plus un seul d'ici à l'Oural.

Il n'y a que Bobby Fischer. De ses yeux terrifiés, il regarde l'arbitre, qui ne l'a pas encore abandonné, lui.

– S'il vous plaît, allez chercher Spassky, il pleurniche. Il faut qu'on joue. La partie n'est pas terminée.

– Il a déclaré forfait, Bobby. Il ne viendra pas. Il a perdu et vous avez gagné.

Moi, j'aime cet arbitre comme peu de gens au monde. Parce que face à Achille en pleine montée d'adrénaline, chargé à bloc, écumant de bave, l'odeur de sang dans les narines, allez lui dire que son adversaire ne se présentera pas pour le duel décisif. Expliquez-le-lui, vous, qu'il doit maintenant se calmer. Et puis essayez de dire à Bobby Fischer qu'il a calculé le nombre d'étoiles brillant dans la galaxie, qu'il a compté ses neurones un à un, et qu'il l'a fait pour rien.

– Ouvrez cette enveloppe, ordonne Bobby, montrez-moi le dernier coup de Spassky.

L'arbitre lui donne deux tapes sur l'épaule droite. Bobby est grand et robuste. Il a un dos qui ressemble à une armoire à glace. Même assis, il est immense. Et il est entraîné comme un athlète.

– Félicitations, lui dit l'arbitre.

Et puis Lothar Schmid pose son index sur l'échiquier, ou plutôt sur la couronne du roi blanc. Le roi de Spassky.

– Je suis honoré d'être le premier à pouvoir féliciter le nouveau champion du monde d'échecs.

Et il fait tomber le roi blanc, qui chute et roule sur l'échiquier. Il s'immobilise.

L'ère du roi noir commence.

Chapitre dix-neuf

Nous lancerons-nous à nouveau dans la profondeur
et remonterons-nous le ciel à la rame ?
Annie Dillard, *En vivant, en écrivant*

Maintenant, ça devient difficile. Tout. Même simplement d'essayer de dire combien de temps passe. Peut-être un instant, peut-être une minute, peut-être des heures. De dire combien de temps Bobby Fischer reste le coude sur la table en train de fixer l'échiquier, l'index de sa main droite entre ses lèvres. De dire combien de choses ont lieu dans ce néant qui a lieu. Mais c'est à ce moment-là que Bobby Fischer meurt.

Jeune. Un héros. Trahi par son adversaire.

Comment meurt Achille ? Il meurt au combat, bien sûr. Mais comment ? Frappé par une flèche. Mais comment une flèche peut-elle suffire pour tuer Achille ? Elle est empoisonnée. Achille meurt frappé par une flèche empoisonnée.

La flèche : l'arme du traître. L'archer, le vil poltron qui se bat de loin, là où personne ne peut le voir. C'est Ulysse qui a décoché la flèche ?

Non, de toute évidence ; comme toujours, la question est plus subtile.

Achille meurt empoisonné par un archer, par quelqu'un qui combat de loin. Personne ne sera donc surpris de découvrir que le nom de Télémaque – celui du fils d'Ulysse – signifie précisément : celui qui combat de loin. Télémaque est toujours celui qui tire la flèche.

Ce qui tue Achille, c'est le fait qu'Ulysse soit père. Qu'il invente le poison de la ruse, du cheval, qu'il soit prêt à rentrer chez lui, à Ithaque. Qu'il soit prêt à accomplir un geste humain. Un geste de père. Un geste ambigu, exterminer les ennemis pour rentrer chez soi, mais rentrer pour jouer le rôle de père. Bien que terrible, bien qu'obscur. Prêt à tuer, si on veut, mais présent.

L'adversaire d'Achille a une flèche à son arc que lui-même n'a pas : il est capable de rentrer, d'effectuer le *nostos*, le retour. Le retour au monde. Un coup tout à fait imprévisible pour Achille.

★

Il est difficile de dire combien de temps s'écoule, mais au bout d'un moment Bobby Fischer se lève et quitte le palais des sports. Dehors, il se heurte à un mur de flashs. Il y a des centaines de journalistes. Des photographes. Des spectateurs.

Il devrait aussi interagir avec les organisateurs du tournoi, récupérer une plaque, recevoir un prix, remplir des formalités. Sans parler de la cérémonie de clôture.

Tu sais, Bobby, c'est toi le champion…

Bobby évite tout le monde. Il s'en va. Il retourne à la prairie d'où on voit l'océan, cet endroit qu'il connaît, où il y a les chevaux. Il s'assoit sur le rocher. Lombardy lui apporte une photo du *New York Post*. La manchette dit : « BOBBY EST CHAMPION. »

– Qu'est-ce que tu veux faire maintenant, Bobby ?

Et lui, il répond la seule chose que quelqu'un comme lui peut dire dans un moment comme ça :

– Je veux juste jouer aux échecs.

Et il le dit en embrassant un cheval blanc. Sans se rendre compte qu'il vient d'embrasser le cadeau qu'il devrait craindre par-dessus tout : le cheval d'Ulysse.

*

J'arrive à Miasino à neuf heures. Avec juste sept heures d'avance. Je connais la bourgade comme ma poche. C'est vrai, ça fait trente ans que je ne suis pas revenu, mais ici tout est pareil depuis toujours. Trente ans, ce n'est pas assez pour que quelque chose puisse changer à Miasino.

Je déambule, je parcours toutes les rues plusieurs fois. Je jette un coup d'œil au lac là où on peut l'apercevoir. J'achète des fruits et à boire dans le magasin de Giulio. Je vais prendre un café chez Francesca. Je regarde la télévision accrochée là où elle se trouvait déjà quand je venais ici à vélo pour regarder la Coupe du monde Italia 90.

Je croise très peu de gens, qui me regardent d'un air méfiant, comme s'ils se demandaient : « Et celui-là, c'est qui ? J'ai l'impression de l'avoir déjà vu, mais où ? »

Comme le comte de Monte-Cristo, j'attends que le clocher sonne quatre heures. Ensuite, alors que le quatrième coup se dissipe dans le vent, je frappe à la porte de chez moi.

*

– Et puis, là, il y a le jardin. Peut-être la partie la plus belle de la maison.

Derrière la dame française, je franchis la porte-fenêtre du salon, traverse la véranda où j'ai dîné un million de fois. Elle m'a amené voir la chambre où je suis né, la cuisine où je prenais mon petit déjeuner avant d'aller au jardin d'enfants. Elle m'a montré la plus grande cheminée, celle du salon. J'ai été un instant paralysé par la vision du soufflet à braises dans l'âtre éteint et noir. « Salut, j'aurais voulu lui dire. Tu as vu ? Je suis revenu ! » J'ai joué avec lui tant de fois… C'était mon canon à vent pour abattre à coups de tempêtes les monstres et les dinosaures alignés sur le sol du salon.

Puis elle m'a montré le grenier, la chambre de mes parents, l'endroit où j'ai été conçu.

– Là, il y a un carreau fendu.

Elle m'a montré le carrelage et la fissure.

– Comme vous pouvez le constater, je ne l'ai pas fait remplacer. On ne trouve plus de pièces originales du XVIIIe… mieux vaut cassé que faux, non ?

Je voudrais lui dire que c'est moi le responsable. En jouant, j'ai glissé de mon tracteur à pédales. Par un hasard inouï, la partie en acier tranchant de la pédale s'est logée au centre du carreau, et moi, en tombant dessus, je lui ai donné le coup de grâce. Il s'est brisé avec un gros *tchac* !

Mon père a souri, heureux que cette pointe ne m'ait pas transpercé. Peut-être qu'il a dit, en plaisantant, quelque chose comme : « Ne t'inquiète pas, demain je le répare. » Comme chaque fois qu'il était confronté à ce qui – tout le monde le savait – resterait cassé pour l'éternité.

La dame française m'entraîne sur une crête dangereuse. Un sentier sur lequel j'essaie de ne pas la suivre, mais ma tête n'est pas toujours un chien obéissant.

– Figurez-vous que quand je l'ai vue pour la première fois, cette maison, alors qu'elle était en vente – il y a quoi, trente ans ? –, c'est un jeune garçon qui me l'a montrée. Il m'a fait voir l'entrée, puis il a essayé de me faire partir. J'ai dit : « Mais il y a d'autres pièces, d'après l'annonce », et il a répondu : « Oui, là-bas. Mais ça ne vaut pas la peine de les voir… » Il ne voulait même pas me montrer le jardin… Quel phénomène, non ?

Bien sûr, madame. Je ne voulais pas que vous voyiez la merveille qu'est cette maison et que vous en tombiez amoureuse. Je savais que si vous visitiez le jardin, vous désireriez le posséder. En deux mots : je n'avais aucune intention de vous laisser l'acheter. Ça n'a rien de personnel, vous savez ? C'est juste qu'ici, c'est chez moi, si vous voyez ce que je veux dire.

★

Elle me montre le jardin.

Je voudrais lui dire de ne plus parler, de ne pas prononcer un mot, de toute façon elle ne peut rien m'apprendre que je ne sache déjà. C'est là qu'ils ont hurlé « BARABBAS ! », c'est là que mon père s'asseyait, c'est là que je jouais. Vous la voyez, cette pelouse, madame ? C'est moi qui l'ai semée.

Je regarde le lac. Je me demande si ma présence ici n'est pas une erreur que je paierai cher. Mais qui ne commet jamais d'erreurs ? Je m'éloigne un peu du bavardage inutile de la dame française. Je vais à l'endroit exact où se trouvait notre table en pierre, papa. C'est là que ça s'est passé. Moi caché dessous, et vous au-dessus, en train de parler de Bobby.

– Ici, il y avait une table en pierre, vous savez ?

– Pourquoi vous l'avez enlevée ? je demande, agacé.

– Parce qu'elle a été frappée par la foudre.

– La foudre ne frappe pas les tables en pierre…

– Non, vous avez raison. La foudre a frappé le cèdre de l'Himalaya, vous le voyez, cet arbre haut de trente mètres ? Une branche s'est effondrée sur la table, qui s'est cassée.

Et puis elle continue, comme pour se justifier :

– Mais je ne l'ai pas jetée, vous savez ? J'ai fait remiser les deux parties à la cave.

Vu son expression, je me dis que je dois avoir un regard effrayant. Ça m'arrive parfois. Je le sais. Les autres me dévisagent et se taisent tout à coup.

★

Je ne sais pas comment c'est possible, et pourtant c'est ce qui se produit. Peut-être parce que la dame a laissé les fenêtres de ma chambre ouvertes, peut-être à cause de ces tours que joue le vent quand il s'y met. Le fait est que de là où on se trouve dans le jardin, on entend le téléphone sonner. À l'intérieur de la maison.

– Oh, excusez-moi. Il faut vraiment que j'aille répondre… vous savez, avec l'annonce, j'ai beaucoup d'appels.

On sait tous les deux que la personne raccrochera avant que la dame française atteigne l'appareil, mais la tension qui s'est créée est trop forte pour qu'un de nous ne cherche pas un moyen de couper court.

Alors je reste seul. Sur ma pelouse. À l'endroit où se trouvait ma table. Je plonge mes doigts dedans.

Il y a deux façons d'aller à la cave. La première consiste à traverser la maison jusqu'à la porte de la cave puis à descendre l'escalier. La dame française la connaît sûrement. L'autre n'appartient qu'à moi. C'est une petite galerie débouchant derrière la haie. Pendant la Seconde Guerre mondiale, de nombreuses familles juives se sont réfugiées dans cette maison ; en cas de contrôle, tous couraient se cacher à la cave. Et si quelqu'un décidait de l'inspecter, il y avait la galerie pour s'échapper de l'autre côté de la haie. Fuir vers le bois. Prendre ses jambes à son cou. Elle n'a jamais été fermée. La direction du patrimoine n'a même pas autorisé la pose d'une grille.

De là où je suis, c'est à deux pas. Bien sûr, je n'ai plus six ou sept ans comme quand je jouais à cache-cache, mais en un rien de temps, je peux être dans la cave.

Oui, la table est là.

Je me demande quels efforts énormes ont été nécessaires pour l'apporter là. Et quel sens ça peut avoir. Mais juste derrière, comme exposés sur ces étagères en fer qu'on place souvent dans les caves, je les vois encore là, tous exactement tels qu'on les a laissés : mes jouets. Mon tracteur à pédales. Un de mes vélos. Certains de mes jouets en bois. Quelques cadeaux de ces opulents Noëls des années quatre-vingt. Les dinosaures. Brivido, un jeu de société dont je raffolais. Monopoly. Puissance 4. Risk. Cluedo…

– Si ça ne vous dérange pas, on passera les récupérer dès que possible…

C'est ce que ma mère a dit à la dame française il y a trente ans.

– Il n'y a que mon mari et moi, madame. Ils ne me dérangent pas. En ce qui me concerne, ils peuvent même rester là…

Il n'est pas si rare que ça se produise lors d'un déménagement ; on n'a pas le courage de jeter certains objets, on délègue ce geste au nouveau propriétaire. Pour moi, ces jouets appartenaient à une époque révolue. Les abandonner, en 1992, ça m'a paru la meilleure chose à faire.

J'ignorais qu'ils étaient là, je ne me suis pas échappé à la cave pour les voir – bien que je ne sache pas précisément pourquoi je l'ai fait : pour voir une vieille table en pierre cassée ? – mais ça m'a fait un certain effet de découvrir que personne n'y avait touché.

Je reste encore un instant dans le ventre de ma maison. Je regarde tous mes jouets. C'était là que tu descendais les prendre, papa, pour les séances du mardi.

Puis je m'en vais. Entre autres parce que la seule chose qui concerne cette histoire ne se trouve pas ici. Elle m'a déjà été rendue, il y a bien des années.

Chapitre vingt

– *Que fais-tu ici, mon garçon ?*
Elias Canetti, *Auto-da-fé*

Ce qui reste à raconter est triste. Voire laid. Douloureux. C'est l'histoire d'un dieu qui devient un homme. Quand ça arrive, il y a toujours du sang à la clé.

Qui remporte la compétition, entre Ulysse et Achille ? On l'a vu, on le sait tous. Mais lequel des deux vous est le plus sympathique ? Lequel est vraiment le plus célèbre ? Lequel est vraiment immortel ? Et puis, n'est-il pas vrai qu'on préfère toujours les perdants ?

Voilà, le thème, c'est exactement ça : qui est vraiment perdant dans cette histoire ? Et quel a été le dernier coup de Spassky ?

★

J'essaie de comprendre. Mais il me manque un élément important, à moi aussi. Est-ce que Spassky, qui a médité et noté son coup avant d'abandonner, a véritablement perdu ? À moins qu'il ait tendu son piège le plus raffiné en perdant de cette façon-là, en renonçant, pour précipiter son adversaire par les portes d'Hadès, les portes du succès. De la célébrité, de la gloire. Les portes du monde. Les portes abyssales de l'esprit de Bobby Fischer.

Si cette enveloppe reste cachetée, le monde entier connaîtra le nom de Bobby Fischer, l'homme qui n'aurait jamais voulu, en aucun cas, connaître le monde. Son nom entrera dans les livres d'histoire, car l'Histoire ne s'occupe que des vainqueurs. Mais quand un dieu passe du livre du mythe au livre d'histoire, n'est-ce pas justement alors qu'il meurt ? Qu'il cesse d'être un dieu ?

Et si Spassky avait joué le coup du tireur d'élite ? Vous le sentez sur votre peau, il est simplement en train de viser, vous le savez, mais vous n'avez aucune idée du moment où il va vous tirer en plein cœur, et c'est ça, la tension qui vous tue d'une crise cardiaque. Et s'il avait juste tendu un gigantesque piège à Bobby ?

L'esprit – même celui d'Achille – a une force d'autodestruction qu'aucune férocité physique ne peut imaginer. Seul Achille peut vaincre Achille. Seul l'esprit de Bobby peut anéantir Bobby. Et Spassky le sait.

Et c'est ça, le coup à jouer pour le mettre face à lui-même : dans un monde obsédé par les échecs, faire de lui l'homme le plus célèbre au monde. Lui qui ne vit bien que caché dans le cagibi à balais en Islande, lui, le faire roi.

Quelle duperie que la victoire. Quelle illusion. Combien on perd, quand on gagne. Du reste, les Troyens aussi, en voyant le cheval d'Ulysse, s'imaginent avoir gagné. Ils se disent que les Grecs ont abandonné, exactement comme Spassky. Ils acceptent le cheval, ils acceptent le don de la victoire. Et c'est ce qui les anéantit.

Ulysse : voilà pourquoi Ulysse, c'est toi, Spassky !

En 1973, Spassky dispute les championnats d'échecs soviétiques. Tous les meilleurs joueurs d'échecs au monde participent à ce tournoi. Il l'emporte haut la main. Vraiment, Boris, ce que tu as fait en 1972, contre Bobby, c'est perdre ?

Où il est, en 1973, Bobby Fischer ?

Et quel est le lien avec nous, papa, dans toute cette histoire ?

Tu sais ce qu'elle m'a dit, la table ?

*

En dehors du mythe, voici comment cette histoire fonctionne : quelqu'un qui refuse le monde pour ne faire que jouer aux échecs, qu'est-ce qui lui arrive si les échecs font de lui le champion du monde ?

Imaginez votre vie. Prenez-la à l'âge de sept ans. Enlevez tout, école, amis, parents, toutes les activités, toutes les vacances, enlevez tout ça et remplissez ce temps – tout ce temps – juste de dévotion aux échecs. Ajoutez à ça le fait que vous y jouez non parce que ce jeu vous plaît particulièrement, mais parce que c'est la seule chose que vous ayez. Votre horizon absolu. Et c'est la seule chose que vous puissiez faire pour vous barricader contre le monde. Maintenant, à l'âge de vingt-neuf ans, cette chose, votre obsession salvatrice vous trahit : elle ouvre la porte au monde que vous, avec votre obsession, vous avez tenté d'abolir.

Bobby en Islande, après la vingt et unième partie, ne quitte plus l'hôtel. Il ne va pas à la cérémonie de clôture, il ne va même pas à la remise de prix. Boris non plus n'est pas là, pour les organisateurs c'est un fiasco total.

Bobby encaisse le chèque, ça oui, et puis il ne sort plus de sa chambre.

Ceux qui s'attendaient à voir le héros américain triomphant du bloc soviétique, une sorte de Rocky Balboa, ont affaire à un étrange anti-héros qui dit des choses terribles.

Surtout contre l'Amérique. Le *Washington Post* écrit : « Fischer est le seul Américain capable de pousser tous ses compatriotes à soutenir les Russes. » Évidemment, ce n'est pas ce qui s'est produit, mais ce qui commence à se produire.

Bobby a gagné, mais Bobby est Achille, et Achille est mort. Et comme les morts ne disent rien, le téléphone de sa chambre d'hôtel sonne de nouveau. Cette fois, ce n'est pas Kissinger : c'est directement le président.

– Bobby, mon garçon ! C'est Nixon, votre président !

Nixon a aussi appelé Neil Armstrong sur la Lune, en 1969. Mais c'est plus difficile de parler avec un lunatique en Islande qu'avec un soldat américain faisant des bonds sur notre satellite.

– Je vous appelle pour vous féliciter ! Pour la victoire !

– Monsieur le président, soyez bref, s'il vous plaît, je suis fatigué.

– Vous savez, Bobby, j'ai failli faire partie de l'équipe d'échecs moi aussi, quand je fréquentais l'université !

– Très intéressant.

– Mais ensuite, je suis passé au football. Beaucoup plus viril !

– Vous m'avez appelé pour me raconter votre vie ?

– Bobby, moi, je téléphone toujours à tous ceux qui gagnent un championnat du monde au nom des États-Unis d'Amérique !

– Moi, ici, j'ai gagné en mon nom propre.

– Je vais donner un banquet en votre honneur à la Maison-Blanche ! Dès votre retour. Nous vous attendons !

– Combien vous me payez si je viens ?

– Bobby, nous ne payons personne ! C'est une invitation à dîner. Vous venez, vous mangez : on fait la fête !

– À quelle heure elle aura lieu, votre petite fête ?

– À dix-neuf heures.

– J'arriverai à vingt heures et je ne resterai qu'une demi-heure. Pas de célébration, je déteste parler aux gens qui ne comprennent rien aux échecs. Et même, vous devrez tous vous taire. Si j'entends le moindre murmure, vous devrez vous trouver un autre champion du monde à montrer aux photographes.

– Comme vous voudrez, Bobby…

– Ah, autre chose : je ne m'assoirai que si mon fauteuil est là.

– Je comprends, Bobby.

– Pour l'instant, il est ici. Vous devez le faire porter à la Maison-Blanche et l'installer dans un coin pas trop éclairé de la salle. Autant que vous le sachiez tout de suite : je ne supporte pas les lumières vives quand je mange. S'il y a trop de lumière, je partirai direct.

– L'éclairage sera tamisé, d'accord, Bobby. Et nous nous tairons tous. Je voulais juste vous dire, quand même, que les États-Unis d'Amérique sont fiers…

Mais Bobby a déjà raccroché depuis longtemps.

Et bien entendu, il n'ira jamais à la Maison-Blanche.

★

En fait, il contredit encore tout le monde à son retour en Amérique. Lui-même compris. Il est champion du monde et il va partout où on le paie pour être présent, défilés de mode, interviews, émissions de télévision.

Et puis il n'est pas dit qu'il soit toujours de bonne humeur. Mais quand il l'est, c'est un spectacle de l'entendre parler.

Toutes ces choses, il les accepte pour une seule raison : on est en septembre, en octobre, en novembre 1972 ; de toute façon, tout est sur le point de se terminer. Qu'est-ce que ça peut lui faire ? En effet le 31 décembre, ce sera la fin du monde. L'apocalypse est imminente. Il le sait, il y croit. Depuis toujours. Je ne comprends pas vraiment comment ça marche, mais la foi n'est pas une chose qui se comprend. Bref, la fin du monde aura lieu en 1972, son prédicateur à la radio le lui a dit. À la fin des temps, il sera le champion du monde d'échecs.

Au lieu de ça, comme si de rien n'était, les choses glissent ainsi jusqu'en 1973. Et ce n'est pas la fin du monde. Bobby n'y croit pas. Que les hommes mentent, d'accord, mais si les dieux eux-mêmes vous trompent ?

« Même les dieux m'ont abandonné ? » se demande Achille, frappé par la flèche.

Je n'ose pas penser aux yeux de Bobby Fischer quand ils s'ouvrent le 1er janvier 1973. « Bordel, qu'est-ce qui s'est passé ? » il a dû dire en sortant de son lit, en écartant le rideau de la fenêtre et en voyant l'allée, les arbres et tout le reste.

Comment il peut se sentir, l'homme qui doit calculer l'univers pour rester un peu tranquille, s'il a calculé qu'en 1972 ce serait la fin du monde, alors que celui-ci s'en fiche et passe à la suite ? Sans tenir compte des coups de Bobby.

« Pourquoi le monde fait comme Spassky ? Pourquoi ils me mentent tous ? Pourquoi tout me fuit ? Pourquoi il y a quelque chose au lieu de rien ? Pourquoi je ne peux pas juste jouer aux échecs ? »

★

Et Bobby le comprend d'un coup : c'est une conspiration. Sa tête s'en persuade. Du fait que tout le monde, TOUT LE MONDE, est en train de comploter contre lui. Il scelle les fenêtres de chez lui avec du silicone. Il tapisse leurs vitres de papier d'aluminium. Il jette sa télévision, qui émet – il le sait – des radiations nocives. Il jette aussi ses radios. Il baisse tous les stores. Il ne boit que du lait. Mais ça, depuis toujours. Sauf que les reins…

Les Russes. Les Russes l'espionnent. Ils veulent entrer dans sa tête et découvrir ce qu'il a calculé, ce qu'il a vu, la nuit où il a compté tous les atomes de l'univers.

L'Amérique. L'Amérique le déteste. Tout le monde veut quelque chose de lui. Et lui, il veut juste jouer aux échecs, mais sans rien autour de lui. Or il ne peut plus. Quoi qu'il fasse, maintenant, il le fait en tant que champion du monde. Il a un rôle. Une place dans le monde. C'est différent.

Voilà de quoi il se persuade.

Et puis Dieu, Dieu est un menteur !

« Et moi, je ne suis pas juif, et je déteste les Juifs, et je ne suis même pas circoncis, qu'ils arrêtent, les Juifs, de se vanter du fait que je suis l'un d'eux. Si ces Juifs sont intelligents, si leur Dieu l'est, qu'il vienne ici me défier aux échecs. » Il dit vraiment ça. Et il dit d'autres choses antisémites que je ne me sens pas capable de rapporter. Mais vous les trouverez dans chacune des biographies de Bobby Fischer.

⋆

Ensuite la recherche commence. Où est Bobby ? Personne ne le sait. Où s'est caché Fischer ? Il est introuvable. Il a disparu. Il s'est volatilisé.

Il est chez lui à Pasadena ? La dernière fois, il est allé chez le dentiste. Il s'est fait retirer tous ses plombages de peur que les Russes y aient glissé des micros pendant son sommeil. Le dentiste lui a donné des analgésiques. Bobby ne se soigne qu'avec des amulettes, des pilules d'extrait de venin de crotale contre la douleur, des comprimés chinois contre les maux de tête. Du baume du tigre.

Mais comment il vit ? Il ne sort jamais de chez lui ? Qu'est-ce qu'il fait ?

Personne ne le voit. Il est mort. Il est devenu fou. Il est dans un asile. Il écrit un livre. Il s'entraîne, il reviendra bientôt jouer aux échecs. Ce genre de bruits courent de temps en temps sur lui. Mais personne ne sait où il se trouve. Ni ce qu'il fait.

Il y aurait encore les échecs pour le sauver. Il y aurait tous les tournois d'échecs, ceux de 1973. Il les ignore. Tous. « Qu'est-ce que je vais faire là-bas ? Qui y participe ? Des gens qui vivent dans ce monde ? Je suis déjà le champion de ce monde de merde, trouvez-moi quelqu'un qui vienne d'un autre monde, parce que les gens de ce monde-ci, moi, je les ai déjà tous battus. » Une pensée qui se tient.

Bobby ne sort plus de chez lui. De sa chambre. Qui sait comment sont ses cheveux. Qui sait quels yeux il a. Il est toujours nu, lui aussi ? Comme le garçon dont tu t'es occupé, un de tes derniers patients, papa ? Et s'il est malade ? Une nuit, lui aussi a dû dire : « Appelez le docteur ! » Et qui est allé chez lui ? Qui a ouvert sa porte ? Pourquoi les portes de Bobby, personne n'a jamais le courage de les ouvrir ?

★

Bobby Fischer dit quelque chose de terrible dans une interview d'avant 1973, où il parle de ce qui s'est passé le 2 septembre 1972, quand il s'est réveillé à l'hôtel. En Islande. Champion du monde. Il ne rêvait que de ça depuis son enfance et pourtant, il admet que ç'a été une déception : « Parce que je me suis réveillé différent. C'était comme si on m'avait enlevé quelque chose. »

Il voulait juste jouer aux échecs. Et il ne pouvait plus le faire. Il n'était plus un héros. Juste un champion. Prenez Achille, donnez-lui le prix Nobel. Vous les entendez, les gens, qui disent : « Hé, regarde ! Ce type, là, c'est un prix Nobel ! » Avant, il était Achille, et maintenant, il porte le nom de quelqu'un d'autre. Avant, c'était : « Tu as vu ? Il y a Bobby Fischer ! » Maintenant, c'est juste : « Hé, champion ! Il y a le champion du monde ! » Terrible.

★

Bobby passe trois ans comme ça. Dans la paranoïa. Totale. Absolue. Dans sa maison aux fenêtres scellées, avec du papier d'aluminium sur les vitres. Il sent qu'on veut l'utiliser. Même juste comme symbole. Il rompt avec tout le monde. Il ne sort jamais. Parce qu'il n'y a qu'une seule chose qu'il continue à se demander : « Quel coup il a bien pu écrire, Spassky ? »

Il n'a pas la moindre idée de ce qu'il doit faire de sa vie. Sa vie dont, après 1972, il n'avait pas calculé qu'elle pourrait continuer.

★

Et voilà.

Je sais, c'est peu. « Il ne sort jamais de chez lui », ça paraît un peu court pour résumer trois années. Mais c'est la réalité.

Jusqu'en 1975. Quand l'impossible se produit encore. Il y a le nouveau championnat du monde d'échecs. Et lui, en tant que champion, il doit défendre son titre. En finale, il y a un nouveau challenger, un Russe, comme par hasard : Anatoly Karpov. Il est très fort. Il a gagné le tournoi des candidats en finale contre Boris Spassky, oui, encore lui. Karpov a reconnu publiquement que Spassky était supérieur, mais après une série de superbes parties, peut-être les meilleures que Boris ait jamais jouées, Karpov a réussi à renverser la situation et à remporter le match. Il est plus jeune, plus résistant à la fatigue.

Boris, tel Ulysse, vit son odyssée personnelle. Et pas qu'un peu ! Vous-mêmes, rentrez donc en Russie après avoir remis aux Américains le titre de champion du monde. L'odyssée dure dix ans ; en effet, de 1972 à 1982 il se sépare de sa femme, voyage, s'installe en France, dont il prend la nationalité et où il se remarie. Les Jeux olympiques d'échecs de 1984, il y participera pour son nouveau pays.

« Et Bobby ? Où est Bobby Fischer ? » À ceux qui lui posent la question, il répond la vérité : « Sait-on jamais où est Bobby Fischer ! »

Peut-être que Bobby est à l'intérieur d'un désir : jouer contre Karpov. Et le mettre en pièces, redevenir le sanguinaire meurtrier des échecs qu'il a toujours été. Mais pour ce faire, il devrait défendre son titre de champion du monde. Se confirmer en tant que champion du monde. Rester un symbole, une icône.

Et donc il ne se présente pas. Il perd. Il perd par abandon de son titre. Bien sûr, il termine sa carrière invaincu, si on veut voir les choses sous cet angle. Personne ne lui enlève son titre. Mais ça, c'est une lecture mythique. La réalité est qu'en 1975 Bobby Fischer n'a pas défendu son titre contre Karpov. Et donc, pour le monde, ce n'est plus lui le champion du monde.

Il n'y a qu'une seule chose que Bobby puisse faire maintenant. En dehors des échecs, il ne connaît qu'un autre jeu : cache-cache. Et c'est celui auquel il se remet à jouer. Avec la même concentration absolue que quand il était penché sur l'échiquier. Il disparaît. Et il cesse de jouer aux échecs.

★

Il reste une chose à souligner avant le finale le plus triste qui soit. Elle concerne les Russes. Karpov remporte le titre en 1975. Entre lui et le champion suivant, Kasparov, les Russes le conserveront sans interruption jusqu'en 2007. Bref, pendant encore trente-deux ans. Disons-le comme ça : de 1937 à 2007 – à l'exception de Bobby Fischer – tous les champions du monde d'échecs sont soviétiques, puis russes.

Et comment ils y sont parvenus ? En éliminant Fischer. Et comment on pouvait l'éliminer, Fischer ? Seul Spassky l'a compris : Fischer ne pouvait pas être battu sur le terrain de l'échiquier. Mais il serait anéanti par un coup très simple : celui consistant à le ramener à la réalité. Et Spassky a joué le seul coup possible pour battre Achille : désactiver le mythe grâce au vaccin de la banalité du monde.

Chapitre vingt et un

« Si je suis fou, ça me va très bien », pensa Moses Herzog.
Saul Bellow, *Herzog*

Mon père meurt en septembre 1992, au milieu du mois.

Sa tumeur au cerveau a été découverte en 1989, quand il s'est évanoui à la gare et qu'il a repris ses esprits en disant :

– Tout va bien, merci.

Mais cet évanouissement avait quelque chose d'anormal. Les témoins avaient parlé de crise d'épilepsie. Alors mon père a fait des contrôles, au terme desquels on lui a dit :

– Avec la petite pêche que vous avez dans la tête, il vous reste six mois à vivre.

Il n'avait pas quarante ans. Quoi qu'il en soit, il a encore vécu trois ans. Très bien, d'ailleurs. Pour autant, certes, qu'on puisse très bien vivre avec une tumeur au cerveau, des chimiothérapies, un régime alimentaire très strict et deux enfants (ma sœur et moi), dont on sait qu'on ne les verra jamais adultes. Sauf miracle.

Certaines hallucinations arrivent, partent, reviennent. Le dernier été, en août, mes parents me demandent si je veux aller à la mer. Un mois. Avec un camarade de classe, un ami très proche, et sa mère. Bien que je n'aie que douze ans, je considère plusieurs choses avant d'accepter. Depuis quelques semaines, mon père ne quitte plus son lit. Ni la maison. Il est lucide, il parle, il a l'air bien. Mais il ne marche plus. Parfois, je l'aide à s'asseoir dans un fauteuil roulant et on va faire un tour jusqu'au parc.

– Tu te souviens des montées ? Tu te souviens de la lutte ?

Et si c'était son dernier mois de vie ? Je peux aller à la plage, moi ?

Tous les amis de mon père sont médecins. Ils sont souvent fourrés chez nous. Comme toujours. Quand je pense à tous ces adultes qui rendent visite à leur ami, ça me paraît si bizarre. Et quand je pense que mon père, à quarante-deux ans, est l'un des plus vieux… (Ils ont tous plus ou moins l'âge que j'ai moi-même aujourd'hui. Et moi, j'ai du mal à ne pas me sentir comme un ado.) Ils sont jeunes, ils n'ont encore jamais perdu d'ami, ils sont désemparés. En tout cas, parmi eux, il y a un neurologue.

– Vas-y, il me dit. Rien de grave n'arrivera en août.

Et je lui fais confiance. J'y vais. À Finale Ligure. Trente jours. Puis je reviens. Je retrouve mon père alité, exactement là où je l'ai laissé. Sauf que maintenant, il parle très peu. Il me voit. Il me reconnaît. Il sourit.

– Je suis revenu, je dis.

– Tu as bien fait. Tu réussis toujours ton coup, il répond.

On est le 31 août 1992.

Il ne me dira plus jamais rien.

*

Cette même année, le 2 septembre 1992, vingt ans après la finale du championnat du monde en Islande, quelqu'un découvre où est Bobby Fischer. À Sarajevo. Quelqu'un le trouve, réussit à lui parler et lui fait une proposition :

– Et si vous la rejouiez ? Vingt ans après ? Toujours contre Spassky ?

Bobby accepte.

L'homme qui se présente au tournoi est le spectre de Bobby Fischer.

Dans *L'Odyssée* aussi, Achille et Ulysse apparaissent tous deux. Achille est dans l'Hadès, mort depuis longtemps. Son fantôme est d'une stature immense, on comprend qu'il s'agit toujours de lui. Ulysse le voit, baisse les yeux, il ne peut plus faire ce qu'il s'apprêtait à faire, il n'y arrive pas sous le regard d'Achille. Celui-ci, apparu à cet instant précis, le scrute et se tait. Alors Ulysse surmonte la gêne de se trouver en présence du fantôme d'Achille et serre son père dans ses bras. Depuis son retour à Ithaque, c'est le seul qu'il n'ait pas encore étreint. Et ça se passe devant le fantôme du Péléide, lacéré[1].

Quand le gouvernement américain a vent de ce match – le monde entier en parle, encore une fois : il ne parle que de Bobby Fischer pendant le mois que je passe à Finale Ligure ! –, il lui ordonne de ne pas le disputer ; d'observer, comme tous les civils américains en ont reçu l'ordre, l'embargo international contre la Yougoslavie et de regagner aussitôt les États-Unis ou un territoire de l'OTAN.

---

1. Ces scènes ont été librement réinterprétées par l'auteur. *(N.d.T.)*

Bobby, à Sarajevo, pour le bénéfice des caméras, prend la lettre d'avertissement du gouvernement américain et crache dessus. Puis il la jette.

« C'est encore lui ! C'est Bobby ! Il est revenu ! » dit tout le monde. Mais comment vous faites pour ne pas vous apercevoir qu'il est mort ?

Le match a lieu. Il débute le 2 septembre. Quelqu'un, au cours des semaines précédentes, a demandé à Bobby :

– Vous ferez comme en Islande ? Vous utiliserez un peu de psychologie pour battre Boris ?

Et lui, il a répondu :

– Je ne crois pas à la psychologie. Je crois aux coups réussis.

C'est la déclaration la plus grandiloquente et la plus célèbre jamais faite par un joueur d'échecs.

★

Ce que mon père a vu, fait, lu, dit, pensé, rêvé pendant son dernier mois de vie, le mois d'août que j'ai passé à la mer, à Finale Ligure – un nom emblématique, ça aussi –, je n'en ai pas la moindre idée. Mais sa phrase à mon retour, « tu réussis toujours ton coup », est vraiment la dernière qu'il m'ait adressée. Peu après, il a cessé de parler. Les quinze derniers jours de sa vie ont été un long silence.

Et cette dernière phrase est une citation de Bobby Fischer.

En 1992, c'est celui-ci qui gagne de nouveau. Avec une facilité déconcertante, si on pense qu'il ne joue pas aux échecs depuis vingt ans, sinon peut-être contre lui-même, et que Spassky – bien que très vieilli – est toujours l'un des cinquante meilleurs joueurs au monde. Quant à Bobby, il pourrait encore figurer parmi les dix premiers. Ce n'est pas moi qui le dis. C'est le champion du monde de l'époque, le Russe Garry Kasparov, en public :

– Bobby ? S'il recommençait à jouer, il pourrait encore être à un niveau proche du nôtre.

Du *nôtre.* Il se réfère à Anatoly Karpov et à lui-même, les plus forts dans les années quatre-vingt et quatre-vingt-dix. Mais Kasparov aussi, s'il devait diviser le monde entre « nous » et « eux », se placerait dans le même « nous » que Fischer : celui des joueurs d'échecs.

Bobby est empâté, défait, son visage mangé par la barbe est méconnaissable. Il n'a même pas cinquante ans. Il parle tout seul, marmonne la plupart du temps des propos tournant autour de conspirations, d'espions décidés à lire les chiffres qu'il a dans la tête. Mon père ne saura jamais rien de tout ça, le match se termine le 5 novembre. Il est déjà mort depuis un mois et demi. Mais pour les coups réussis, oui, je suis sûr qu'il savait. Il venait d'en jouer un lui aussi : le dernier.

★

À partir de là, l'histoire de Bobby est terrible.

Pour jouer à Sarajevo, il a enfreint les lois sur l'immigration. Le crachat sur l'interdiction lui a valu un mandat d'arrêt international. Le chef d'accusation : avoir joué aux échecs. En Yougoslavie. Il ne reviendrait jamais en Amérique. Il se retrouverait qui sait où.

Il apparaît et disparaît jusqu'à la fin.

Après l'attaque du 11 septembre 2001 contre l'Amérique, il exulte en faisant l'éloge de Ben Laden : « Vous l'avez bien cherché, espèces de merdeux ! » Mais ce genre de propos ne sont pas nouveaux : en 1990, il a même sympathisé avec Saddam Hussein.

Puis il disparaît de nouveau.

Il réapparaît en 2004, quand il est arrêté dans un aéroport au Japon. Le mandat d'arrêt de 1992 pèse toujours sur lui. Il reste en prison jusqu'en 2005, date à laquelle il est relaxé. Personne ne veut l'accueillir. Ou plutôt si ; le seul endroit au monde où le temps n'existe pas, et donc ne passe pas : l'Islande.

Quand il y arrive, c'est un fantôme. Un homme brûlé. Les Islandais lui accordent la citoyenneté. Ils l'accueillent. Ils lui attribuent un logement dans un immeuble tout blanc. Il semble qu'au cours de ses dernières années, il travaille incognito à Reykjavík en tant que réparateur d'antennes de télé. Vous n'arrivez pas à voir votre telenovela, vous appelez le technicien, et c'est un clochard puant en plein délire qui vient faire la réparation : Bobby Fischer. Celui qui ne voulait pas de caméras.

★

J'ai vu sa pierre tombale, tu sais, papa ?

Elle se trouve dans un endroit absurde. Le cimetière de l'église de Laugardælir en Islande. Il est mort le 17 janvier 2008, et il repose là depuis. Au bout du monde. On y accède en parcourant une très longue route droite non asphaltée. Tout est plat, il n'y a rien. Pas même d'arbres. En hiver, il y a de la neige partout. Les montagnes sont à l'arrière-plan, très loin. Le ciel est une chose irréelle, dure. Il y a toujours beaucoup de vent glacial. Le soleil ne se couche jamais. La lumière est aveuglante. Dans ce rien de lumière et de vent, à un certain moment il y a une église très étrange. Blanche. Elle a une architecture asymétrique, un grand clocher fin qui ressemble à un crayon d'enfant. Une petite clôture, un petit portail, un petit cimetière. Une pierre tombale isolée, à l'écart. Blanche.

Et Bobby en dessous.

Sur la stèle figurent son prénom, son nom, ses dates de naissance et de décès. Stop. Mais ils auraient pu aussi ne rien écrire. Qui d'autre pourrait être enterré au bout du monde dans un lieu où le temps n'existe pas ?

★

Bref, en renonçant à jouer contre Karpov en 1975, Bobby Fischer se retire définitivement du monde des échecs en tant que champion. Il a alors trente-deux ans ; trente-deux, autant qu'il y a de cases blanches sur un échiquier. Il meurt en 2008, en Islande, d'une insuffisance rénale aiguë. Il refusait de se faire soigner. Mais est-ce que vous pouvez boire du lait sucré pendant toute votre vie, exclusivement et constamment, et croire que ça va vous réussir ? Bref, il meurt à soixante-quatre ans : soixante-quatre, autant qu'il y a de cases sur l'échiquier.

Bobby Fischer meurt en devenant lui-même échiquier, après avoir vécu trente-deux ans du côté blanc et trente-deux ans du côté noir de son esprit.

★

Donc, cette dame assiste à ton enterrement. Celle dont le fils ne sortait jamais de sa chambre. Elle s'approche, me raconte un tas de choses. Du genre que cette nuit-là son fils t'a appelé parce qu'il voulait aller aux toilettes et avait besoin que quelqu'un l'accompagne. Et qu'il n'y était pas allé depuis deux ans, car elles étaient situées en dehors de sa chambre. Et qu'elle l'a entrevu, au milieu de la nuit, appuyé sur toi, en train de marcher lentement pour aller faire pipi. Alors elle a pensé qu'un miracle était en train de s'accomplir. Que vraiment, si tu n'y arrivais pas… il ne restait que Lourdes. Elle ajoute que par la suite tu es revenu pour de nombreuses autres séances. Que les dernières ont eu lieu dans le salon. Assis à table. Face à face. Que tu étais déjà malade. Que tu ne suivais plus aucun patient. Sauf son fils. Qui ne sortait pas encore de la maison. Mais parfois, maintenant, il allait jusqu'au bout du jardin. Jusqu'à la grille. Pour regarder le ciel. Et elle, quand il le faisait, elle était émue. Et tandis qu'elle me raconte ça, à ton enterrement, elle pleure de joie. Ce qui est très étrange.

Puis elle me dit :

– Ça, je crois que c'est à toi. Quand mon fils a appris que je venais ici, il m'a demandé de te chercher. Pour te le rendre.

Et, dans une enveloppe blanche, elle me donne un échiquier.

⋆

Oui, un échiquier.

Alors tu sais, papa, maintenant ça me paraît flagrant : ce jour-là, vous ne parliez pas de Fischer juste pour bavarder. C'est *toi* qui as mentionné cette histoire. Parce que le geste paternel de Spassky, c'était à un enfant qui ressemblait un peu à Fischer que tu l'offrais. Et tu avais besoin de te confronter.

Et puis tu l'as refait, en 1992: le dernier coup d'un homme honnête. En août. Tu as recommencé à parler de Bobby, au point qu'une de ses phrases est restée en toi. Tu as recommencé à parler de ce que tu appelais, toi aussi peut-être, « le cas Bobby Fischer ». Et avec les mots qui se faisaient de plus en plus rares dans ta bouche, tu as raconté toute l'histoire à je ne sais quel collègue. Tu lui as expliqué que ce garçon ne pouvait pas être abandonné. Tu as envoyé quelqu'un chercher son dossier dans le panier en osier, tu l'as remis à l'un de tes confrères. Tu as chargé quelqu'un de confiance de s'occuper de lui.

Je pourrais les appeler un par un, tes amis, tes collègues, aucun ne me dirait vraiment comment les choses se sont passées. Mais je suis sûr qu'elles se sont passées comme ça, parce que tu as été un bon père et un homme honnête. Et aussi parce que dans tout ça, je suis heureux de savoir maintenant que, pour autant que je puisse ressentir la fascination ambiguë de Fischer, toi, pour moi, tu seras toujours Boris Spassky.

Chapitre vingt-deux

Les hommes, il faut les voir d'en haut.
Jean-Paul Sartre, *Érostrate*

Personne ne connaîtra jamais le dernier coup de Boris Spassky. Je veux dire celui du 31 août 1972. Cette enveloppe est encore cachetée. Nul ne l'a jamais ouverte. Et lui, il ne l'a jamais dit. Ce serait formidable de découvrir un jour que Spassky voulait vraiment déplacer la pièce en forme de cheval. Comme Ulysse. Ou bien qu'il n'a rien écrit. Parce qu'il savait que son dernier coup, ce ne serait pas celui-là.

Il y a une autre chose que Spassky fait. Grandiose.

Il rédige une lettre. Et il fait tout ce qu'il faut : il la met dans une enveloppe et il la poste. Il le fait le 7 août 2004, alors que Bobby Fischer est en prison. Détenu à Pasadena depuis le 31 juillet, il crie au monde qu'il est torturé par ses geôliers. Seul, fou, oublié et humilié.

C'est une lettre adressée au président des États-Unis d'Amérique : George Bush.

Et je crois, papa, que c'est pour elle que j'aime cette histoire à la folie. Et je crois que tu l'aurais aimée toi aussi. Tu sais ce que je fais, alors ? J'éteins l'ordinateur, je saute sur mon vélo. Je viens te lire le dernier coup de Boris. J'imagine que tu es, après tout, à peine arrivé au sommet d'une de tes montées.

★

Monsieur le Président,

[...] Je suis un vieil ami de Bobby depuis 1960, lorsque nous avons joué à Mar del Plata [...]. Bobby est une personnalité tragique. Je m'en suis rendu compte à l'époque. C'est un homme honnête et d'un bon naturel. Absolument pas sociable. Ni adaptable aux standards de vie de tout le monde. Il a un sens très aigu de la justice, il est peu enclin aux compromis, tant avec sa propre conscience qu'avec ceux qui l'entourent. C'est une personne qui fait presque tout contre elle-même.

Je ne voudrais pas défendre Bobby Fischer ou justifier son comportement. Il est ce qu'il est. Je ne demande qu'une chose. De la pitié, de la charité.

Si pour quelque raison c'est impossible, je voudrais vous demander la chose suivante: s'il vous plaît, corrigez l'erreur du président François Mitterrand en 1992. Bobby et moi-même avons commis le même crime. Appliquez-moi aussi des sanctions. Arrêtez-moi. Mettez-moi dans la même cellule que Bobby Fischer. Et donnez-nous un échiquier.

Boris Spassky, dixième champion du monde d'échecs.

7 août 2004.

Notations échiquéennes

Vous voulez savoir la vérité ? Pour moi, ces trucs sont trop compliqués. Je vais être encore plus clair : moi, je n'y comprends rien. Mais si par curiosité l'un de vous souhaite rejouer *les coups du fou*, c'est-à-dire se mettre là, avec entrain, pour répéter mat après mat les parties de la finale mondiale de 1972 entre Boris Spassky et Bobby Fischer, je vous en prie, faites donc : voici les notations échiquéennes. Eh oui, c'est comme un pentagramme pour un musicien. Si on sait le lire, il offre une symphonie. Sinon, c'est juste une cacophonie.

Bref, voici comment les choses se sont déroulées sur l'échiquier entre ces deux-là pendant les quatre parties les plus importantes du match : la première (le fou piégé), la troisième (le fils de la douleur), la sixième (l'applaudissement) et la vingt et unième (le coup dans l'enveloppe cachetée).

Avant que vous vous mettiez à les rejouer coup par coup (vous êtes curieux, n'est-ce pas ?), je vous explique comment lire les notations. À côté du numéro indiquant le coup joué (1 : le premier ; 2 : le deuxième…) se trouve une lettre. Elle indique quelle pièce est déplacée : quand vous trouvez R, c'est le roi, D est la dame, F le fou, C le cavalier, T la tour, et on ne met rien pour le pion.

Maintenant que vous savez de quelle pièce il s'agit, il est – relativement – simple de comprendre où la déplacer. C'est comme jouer à la bataille navale. Pour être clair : l'échiquier est un carré formé de 8 cases sur 8, et chacune a sa propre désignation symbolisée par une lettre et un chiffre : ses coordonnées. Les colonnes de l'échiquier (les rangées verticales de cases) sont numérotées de gauche à droite au moyen des lettres a, b, c, d, e, f, g, h.

Les traverses (les rangées horizontales de cases) sont numérotées de bas en haut au moyen des chiffres 1, 2, 3, 4, 5, 6, 7, 8. Bref, la première case en bas à gauche s'appelle a1. En allant vers la droite, on trouve b1, c1, d1 et ainsi de suite…

Le « x » signifie qu'une pièce a été prise.

O-O signifie un petit roque.

À ce stade : amusez-vous.

N. B. : quand vous trouverez un « + », ça signifie que la pièce déplacée attaque le roi en le mettant en échec.

PARTIE UN – Le fou piégé

Spassky ouvre avec les blancs.

Fischer répond avec les noirs.

1.d4 Cf6 2.c4 e6 3.Cf3 d5 4.Cc3 Fb4 5.e3 O-O 6.Fd3 c5 7.O-O Cc6 8.a3 Fa5 9.Ce2 dxc4 10.Fxc4 Fb6 11.dxc5 Dxd1 12.Txd1 Fxc5 13.b4 Fe7 14.Fb2 Fd7 15.Tac1 Tfd8 16.Ced4 Cxd4 17.Cxd4 Fa4 18.Fb3 Fxb3 19.Cxb3 Txd1+ 20.Txd1 Tc8 21.Rf1 Rf8 22.Re2 Ce4 23.Tc1 Txc1 24.Axc1 f6 25.Ca5 Cd6 26.Rd3 Fd8 27.Cc4 Fc7 28.Cxd6 Fxd6 29.b5 Fxh2 30.g3 h5 31.Re2 h4 32.Rf3 Re7 33.Rg2 hxg3 34. fxg3 Fxg3 35.Rxg3 Rd6 36.a4 Rd5 37.Fa3 Re4 38.Fc5 a6 39.b6 f5 40.Rh4 f4 41.exf4 Rxf4 42.Rh5 Rf5 43.Fe3 Re4 44.Ff2 Rf5 45.Fh4 e5 46.Fg5 e4 47.Fe3 Rf6 48.Rg4 Re5 49.Rg5 Rd5 50.Rf5 a5 51.Ff2 g5 52.Rxg5 Rc4 53.Rf5 Rb4 54.Rxe4 Rxa4 55.Rd5 Rb5 56.Rd6

Résultat : Spassky-Fischer : 1-0

PARTIE TROIS – Le fils de la douleur

Spassky ouvre avec les blancs.

Fischer répond avec les noirs.

1.d4 Cf6 2.c4 e6 3.Cf3 c5 4.d5 exd5 5.cxd5 d6 6.Cc3 g6 7.Cd2 Cbd7 8.e4 Fg7 9.Fe2 O-O 10.O-O Te8 11.Dc2 Ch5 12.Fxh5 gxh5 13.Cc4 Ce5 14.Ce3 Dh4 15.Fd2 Cg4 16.Cxg4 hxg4 17.Ff4 Df6 18.g3 Fd7 19.a4 b6 20.Tfe1 a6 21.Te2 b5 22.Tae1 Dg6 23.b3 Te7 24.Dd3 Tb8 25.axb5 axb5 26.b4 c4 27.Dc2 Tbe8 28.Te3 h5 29.T3e2 Rh7 30.Te3 Rg8 31.T3e2 Fxc3 32.Dxc3 Txe4 33.Txe4 Txe4 34.Txe4 Dxe4 35.Fh6 Dg6 36.Fc1 Db1 37.Rf1 Ff5 38.Re2 De4+ 39.De3 Dc2+ 40.Dd2 Db3 41.Dd4 Fd3+ 0-1.

Résultat : Spassky-Fischer : 0-1

PARTIE SIX – Les applaudissements

Fischer ouvre avec les blancs.

Spassky répond avec les noirs.

1.c4 e6 2.Cf3 d5 3.d4 Cf6 4.Cc3 Fe7 5.Fg5 O-O 6.e3 h6 7.Fh4 b6 8.cxd5 Cxd5 9.Fxe7 Dxe7 10.Cxd5 exd5 11.Tc1 Fe6 12.Da4 c5 13.Da3 Tc8 14.Fb5 a6 15.dxc5 bxc5 16.O-O Ta7 17.Fe2 Cd7 18.Cd4 Df8 19.Cxe6 fxe6 20.e4 d4 21.f4 De7 22.e5 Tb8 23.Fc4 Rh8 24.Dh3 Cf8 25.b3 a5 26.f5 exf5 27.Txf5 Ch7 28.Tcf1 Dd8 29.Dg3 Te7 30.h4 Tbb7 31.e6 Tbc7 32.De5 De8 33.a4 Dd8 34.T1f2 De8 35.T2f3 Dd8 36.Fd3 De8 37.De4 Cf6 38.Txf6 gxf6 39.Txf6 Rg8 40.Fc4 Rh8 41.Df4

Résultat : Spassky-Fischer : 0-1

PARTIE VINGT ET UN – Le coup dans l'enveloppe cachetée

Spassky ouvre avec les blancs.

Fischer répond avec les noirs.

1.e4 c5 2.Cf3 e6 3.d4 cxd4 4.Cxd4 a6 5.Cc3 Cc6 6.Fe3 Cf6 7.Fd3 d5 8.exd5 exd5 9.O-O Fd6 10.Cxc6 bxc6 11.Fd4 O-O 12.Df3 Fe6 13.Tfe1 c5 14.Fxf6 Dxf6 15.Dxf6 gxf6 16.Tad1 Tfd8 17.Fe2 Tab8 18.b3 c4 19.Cxd5 Fxd5 20.Txd5 Fxh2+ 21.Rxh2 Txd5 22.Fxc4 Td2 23.Fxa6 Txc2 24.Te2 Txe2 25.Fxe2 Td8 26.a4 Td2 27.Fc4 Ta2 28.Rg3 Rf8 29.Rf3 Re7 30.g4 f5 31.gxf5 f6 32.Fg8 h6 33.Rg3 Rd6 34.Rf3 Ta1 35.Rg2 Re5 36.Fe6 Rf4 37.Fd7 Tb1 38.Fe6 Tb2 39.Fc4 Ta2 40.Fe6 h5 41.Fd7

Résultat : Spassky abandonne.

Bibliographie

Harry BENSON, *Bobby Fischer*, powerHouse Books, 2011.

Frank BRADY, *Fin de partie* (trad. V. Raynaud), Aux forges de Vulcain, 2018.

David EDMONDS et John EIDINOW, *Bobby Fischer goes to war*, HarperCollins, 2004.

Reuben FINE, *The Psychology of the Chess Player*, Dover Publications, 1956.

Bobby FISCHER, Stuart MARGULIES et Donn MOSENFELDER, *Bobby Fischer vous apprend les échecs*, Fernand Nathan Éditeur, 1973.

Vittorio GIACOPINI, *Re in fuga. La leggenda di Bobby Fischer*, Il Saggiatore, 2020.

James HILLMAN, *Facing the Gods*, Spring Publications, 1983.

Garry KASPAROV, *On my Great Predecessors* (voir en particulier les vol. 3 et 4), Everyman Chess, 2003-2006.

Karsten MÜLLER, *Bobby Fischer: The Career and Complete Games of the American World Chess Champion*, Russell Enterprises, 2009.

Vladimir NABOKOV, *La Défense Loujine* (trad. G. et R. Cannac), Gallimard, 1991.

Dmitry PLISETSKY et Sergey VORONKOV, *Russians versus Fischer*, Everyman Chess, 2005.

Jonathan ROWSON, *Chess for Zebras*, Gambit, 2005.

Remerciements

Depuis quelques années, je n'écris plus là où j'habite. J'ai un petit bureau, où je me rends à pied le matin et où, quand je peux, je reste jusqu'au soir. Il est rempli de livres, bourré de chaos. C'est une mansarde de l'immeuble où vit ma mère depuis qu'elle a quitté Miasino.

Alors que j'écrivais ce livre, un matin, j'ai été dérangé par un bruit : des cartons déchargés d'un camion devant l'immeuble voisin du mien. Et un garçon de mon âge – autrement dit un homme – expliquait où poser les choses, tandis qu'il tenait la porte en faisant des gestes à des personnes à l'intérieur et à l'extérieur du bâtiment. Un déménagement, pas grand-chose. Sans savoir pourquoi, je suis sorti, je suis allé voir ce qui se passait. Et puis je me suis adressé au nouveau locataire en lui souriant :

– Bienvenue dans le quartier ! On vit très bien ici !

Parfois, j'ai ce genre d'élans, oui.

Il m'a regardé, a hoché la tête puis a montré l'immeuble :

– Je sais ! J'habite là depuis presque douze ans !

Le canapé. Il était juste en train de changer le canapé de son salon.

Une autre chose s'est produite. Chez moi, pendant une de ces semaines de confinement avec deux enfants, Sara, ma compagne, a organisé une chasse au trésor pour notre fils de quatre ans, Lorenzo. Voici l'une des énigmes qu'il devait résoudre pour trouver l'indice suivant : « Bobby Fischer en boit toujours. » Lorenzo a crié :

– DU LAIT !

Et il a couru ouvrir le réfrigérateur, où Sara avait collé un billet sur la brique de lait. Je n'étais pas au courant. Je me suis rendu compte à quel point cette histoire était entrée en force dans la vie de mon fils. Et puis ce soir-là, c'est lui qui est revenu sur la question :

– Papa, pourquoi il buvait seulement du lait, Bobby Fischer ?

– Parce qu'il était Achille ! je lui ai répondu.

Et lui, il a dit :

– Oui.

Pour être honnête, je suis vraiment désolé d'être arrivé au bout de cette histoire, même si, pour continuer à être honnête, c'est vraiment un bien que j'arrête de la raconter.

Bobby Fischer a été mon obsession au point que je saurais dire ce qu'il faisait à onze heures un jour quelconque de juillet 1972, alors que je ne sais pas qui est mon voisin. Pourquoi pas, mais ça me paraît aussi un peu inquiétant.

Et puis j'ai si souvent parlé de Fischer en famille que pour tout le monde, il est désormais chez lui. Il a tranquillement sa place parmi les énigmes de la chasse au trésor. Pourquoi pas, mais il faut peut-être aussi y mettre un terme : Bobby n'est pas Grand-Mère Donald, et c'est avec prudence qu'il faut l'introduire au sein de la famille. Surtout si Boris Spassky n'est pas dans les parages pour le surveiller.

J'ai eu tant de compagnons de route dans ce voyage. Je vais essayer de les remercier tous, un par un.

La première lectrice de ce livre a été mon agente : Maria Paola Romeo de Grandi&Associati ; si cette histoire existe, c'est avant tout à elle que le mérite en revient. Maria Paola porte une affection et une attention à mes mots que je n'ai pas moi-même. Même s'il n'est pas suffisant de la remercier, je voudrais qu'elle sache que ma gratitude est immense.

Veronica Arnone a fait une chose, parmi tant d'autres, dont je lui serai toujours reconnaissant : un jour, je lui ai envoyé un chapitre de cette histoire pour qu'elle le lise. Un seul, non parce que je l'avais choisi parmi d'autres mais parce que c'était à l'époque le seul que j'eusse écrit. Il me semblait laid et difforme. J'avais besoin de son avis. Banalement, je voulais être rassuré par une amie qui sait être sincère même dans ses critiques. Elle m'a dit :

– Tu sais, je te vois engagé dans une partie de mots très difficile avec Bobby Fischer !

Ce n'était pas ce à quoi je m'attendais (Veronica ne dit jamais ce à quoi on s'attend) mais c'est une des raisons pour lesquelles je ne me suis pas arrêté : m'asseoir en face de Bobby Fischer, lui aux échecs, moi aux mots, et voir ce qui se passait entre nous. Cette image évoquée par Veronica a été un phare pour moi.

J'ai impliqué quelques amis dans ma passion pour Bobby, je leur ai demandé : « Mais si je tresse la vie de Bobby, celle d'Achille et la mienne, d'après vous tout s'imbrique bien ou c'est un méli-mélo ? »

Luca Badolato, Marcello Cravini, Sandro Scalia, Marco Maffé Carnevale, Andrea Fabiano, Marco Scardigli et Roberto Sbaratto ont lu la première mouture de ce texte et ce livre aurait été différent sans leurs commentaires – et critiques. Sûrement pire. Je suis très reconnaissant à chacun d'entre eux.

J'ai une immense dette de gratitude vis-à-vis de Sofia Lombardi, une amie profonde, d'une culture et d'une sensibilité extraordinaires, qui a rectifié mes bourdes sur Achille (et qui m'a montré l'amphore de 530 av. J.-C. où on voit Ajax et Achille en train de jouer au jeu qui est considéré comme l'ancêtre des échecs).

La reconnaissance que j'éprouve vis-à-vis du maître d'échecs Riccardo Alaimo est vraiment immense. Riccardo est un formidable joueur d'échecs, un excellent vulgarisateur (il a une chaîne splendide et très subtile sur YouTube, « *Scacchi : teoria e piagnistei* »), qui a lu les épreuves du livre en me signalant très soigneusement et scrupuleusement les passages inexacts et les erreurs de reconstruction. L'avoir à mes côtés pendant ce voyage a été un honneur. Je nourris une profonde estime envers lui et, parmi les choses qui me sont les plus chères concernant ce livre, il y a un message vocal de sa part qui reste pour moi un immense cadeau.

Je veux aussi évoquer deux amis extraordinaires avec une gratitude particulière : Fabio Pintus et Francesca Brusa. Fabio – mon totem narratif personnel et le tout premier ami à qui je dévoile, à chaque fois, les nouvelles histoires sur lesquelles je travaille – a été extrêmement précieux, et l'enthousiasme avec lequel il a accueilli ce récit a constitué pour moi un refuge. Francesca a su lire entre les lignes du texte et débusquer des erreurs et des incohérences invisibles à mes yeux. Un grand merci, les amis.

Deux autres personnes fondamentales : Marilena et Lara. Marilena Rossi est mon éditrice depuis toujours. J'ai travaillé avec elle sur tous mes romans et je me demande à chaque fois ce qu'il adviendrait de mes histoires sans elle. Et puis j'ai également collaboré pour la première fois avec une autre éditrice, Lara Giorcelli, à laquelle je suis lié par une profonde affection et une immense estime. Que cette histoire soit passée par sa sensibilité et sa compétence représente en effet pour moi un motif de grand bonheur, une joie spéciale.

Peut-être, avant de conclure pour de bon, que le fait d'avoir écrit tout ça m'a mis en face d'un moi étrange : celui qui ressent une espèce de fascination envers les coups des fous. Y compris les miens. Une expérience déstabilisante. Et pourtant magnifique.

Sara, ma compagne de vie, Lorenzo et Vittoria, nos enfants, sont mon coup le plus réussi. Je crois ne pas être le plus facile des pères ni – il s'en faut – le plus facile des compagnons. De temps en temps, je me perds en imagination. Comme c'est formidable quand vous venez me chercher, où que je sois. Continuez à le faire, s'il vous plaît.

Il manque deux protagonistes dans ce chapitre, énormes, immenses. Je les cite pour finir, mais je leur dois presque tout : ma mère, Rosalba Galimberti, et ma sœur, Sarah Barbaglia. Elles étaient là elles aussi. Une grande partie de cette histoire nous appartient.

Bon, j'ai fini. C'est là que Bobby dirait : « Et maintenant, qu'est-ce qu'on fait ? On joue aux échecs ? »

Non, Bobby, pas maintenant. Maintenant, le soleil brille. Peut-être plus tard.

Vous, en attendant, réussissez tous vos coups !

À bientôt.

CET OUVRAGE A ÉTÉ ACHEVÉ D'IMPRIMER
SUR ROTO-PAGE
PAR L'IMPRIMERIE FLOCH À MAYENNE
EN DÉCEMBRE 2022

Première réimpression

N° d'édition : 580. N° d'impression : 101702
Dépôt légal : octobre 2022
Imprimé en France

ALESSANDRO BARBAGLIA

Le coup du fou

Traduit de l'italien par Jean-Luc Defromont

Mardi 11 juillet 1972, ouverture du championnat du monde d'échecs. En arrière-plan la guerre froide qui oppose Union soviétique et États-Unis. Les caméras du monde entier sont braquées sur l'Islande, où auront lieu en mondovision les rencontres entre les deux compétiteurs : le Russe Boris Spassky, champion en titre depuis 1964, et l'Américain Bobby Fischer. Ce dernier est un être qui vit enfermé dans sa bulle, s'exerce seul à ce jeu depuis l'âge de sept ans, boit chaque jour des litres de lait Holland et uniquement de cette marque, refuse toute compétition le samedi car son gourou le lui interdit… La victoire d'un des deux joueurs aurait sans doute un impact politique, et le narrateur ose un parallèle avec une autre guerre qui a vu s'affronter Orient et Occident, la guerre de Troie. Mais, chemin faisant, les souvenirs d'enfance remontent, inexorables et chargés de sens, qui font ressurgir du passé le père disparu du narrateur.

Un incandescent affrontement hors normes

ALESSANDRO BARBAGLIA, écrivain et libraire, est né en 1980 à Borgomanero et vit à Novara. Après quatre romans remarqués, dont le dernier a remporté le prix Strega pour la jeunesse, il publie *Le Coup du fou*, son texte le plus fort et le plus personnel.

« C'est un grand livre. Alessandro Barbaglia a choisi de raconter son odyssée de fils sur le chemin du retour, en s'appuyant sur l'histoire de Bobby Fischer et de sa folie furibonde et funeste… Splendide et émouvant. »
Michele Dalai

LIANA LEVI

Prix : 1

ÉDITIONS LIANA LEVI
1, Place Paul-Painlevé, Paris 5e
www.lianalevi.fr

Couverture : D. Hoch
ISBN : 979-10-349-0558-4

ALESSANDRO BARBAGLIA

Le coup du fou

LIANA LEVI